JN439045

꽃 피면 달 생각하고

국립중앙도서관 출판시도서목록(CIP)
꽃피면 달 생각하고 : 이동렬 수필집 / 지은이: 이동렬.
-- 서울 : 선우미디어, 2013
p. ; cm
ISBN 978-89-5658-359-4 03810 : ₩12000
한국 현대 수필[韓國現代隨筆]
814.62-KDC5
895.744-DDC21 CIP2013026914

꽃 피면 달 생각하고

1판 1쇄 발행 | 2013년 12월 20일

지은이 | 이동렬
발행인 | 이선우
펴낸곳 | 도서출판 선우미디어
등록 | 1997. 8. 7 제300-1997-148호
110-070 서울시 종로구 내수동 75 용비어천가 1435호
☎ 2272-3351, 3352 팩스: 2272-5540
sunwoome@hanmail.net

값 12,000원

※ 이 도서의 국립중앙도서관 출판시도서목록(CIP)은 서지정보유통지원시스템 홈페이지(http://seoji.nl.go.kr)와 국가자료공동목록시스템(http://www.nl.go.kr/kolisnet)에서 이용하실 수 있습니다. (CIP제어번호:2013026914)

ISBN 89-5658-359-4 03810

꽃 피면 달 생각하고

이동렬 수필집

선우미디어
sunwoomedia

머리말

나의 열 번째 신작 수필집 제목을 〈꽃 피면 달 생각하고〉로 붙였다. 영조 때의 선비 삼주(三洲) 이정보가 지은 노래 "꽃 피면 달 생각하고 달 밝으면 술 생각하고/ 꽃 피고 달 밝고 술 얻으면 벗 생각하네/ 언제면 꽃 아래 벗 데리고 완월장취하려뇨" 하는 보름달같이 밝고 맑은 노래에서 훔쳐온 것이다.

이 〈꽃 피면 달 생각하고〉는 내가 꿈속에서라도 어릴 적 동무들을 만나보고 싶은 간절한 소원이요, 내 마지막 수필집이 될 것이라는 생각이 든다. 나는 내 자신을 수필가라고 생각해 본 적이 없고 더더구나 내가 문학하는 사람이라고 생각해 본 적도 없다. 그러니 "앞으로 이런 류(類)의 수필을 쓰자"는 권고에 나는 무감각하다. 내가 쓰는 스타일을 바꾸어 써보기는 별로 좋아하지 않기 때문이다. 아마 아마추어 피아니스트가 무대에서 연주를 할 때 자기는 프로가 아니니 완벽하게 연주를 안 해도 된다고 생각하는 것과 마찬가지다. 책임회피의 수단, 불성실한 태도로도 볼 수 있지만 우선 내 마음에 느끼는 부담은 줄어든다.

2005년부터 올해까지 3권의 수상집 원고를 모두 컴퓨터에 넣어 준 이화여자대학교 시절의 내 BK 조교 윤정숙 양이 2013년 6월에 드디어 이대에서 영예의 박사학위를 받았다. 말로 다할 수 없이 흐뭇하고, 직장 일에 쫓기면서 공부해야 하는 어려움을 이기고 마무리를 한 윤 양이 무척 기특한 생각이 든다. 다른 데 갈 생각 말고 이대 학생상담센터에 그대로 있으면서 심리치료의 실제에 치중하는 것도 큰 축복이라는 말을 여러 번 했다.

이번에도 원고 교정을 책의 첫 장부터 맨 끝 장까지 봐준 토론토의 강경옥 여사―. 고마운 마음 이루 다 말할 수 없다.

마지막으로 이번에도 선우미디어 이선우 사장이 도와주지 않았으면 이 〈꽃 피면 달 생각하고〉는 햇빛을 보기 어려울 뻔 했다. 고맙다.

2013년

캐나다 토론토 국제공항 옆에서

저자 이동렬

| 차례 |

머리말 4

1부 | 봄날의 랩소디

어느 트럼펫 연주자 …… 12
봄의 탄식 …… 16
40년 전의 6월 …… 21
여항(閭巷) 시인 …… 25
노욕(老慾) …… 29
행복한 물고기 …… 33
올림픽을 보면서 …… 37
이완용과 글씨 …… 41
별리(別離) …… 46
봄날의 랩소디(Rhapsody) …… 50
탄로가(嘆老歌) …… 55

2부 | 50년 전 22살

삼락(三樂) …… 60
50년 전 22살 …… 64
벌집 …… 68
속기(俗氣) …… 72
관수유거(觀水幽居) …… 76
나의 미술작품 감상 …… 80
수박 도둑 …… 84
대중음악 …… 88
나는 컴맹이다 …… 93
점심 내기 …… 97

3부 | 미인 단상

재미 …… 102
강상(綱常)의 죄(罪) …… 106
동요(童謠) 예찬 …… 110
오바마 대통령의 취임식 …… 114
성선설(性善說) …… 118
미인(美人) 단상 …… 122
대가(大家) …… 126
멋 …… 130
오복(五福) …… 134
편지 …… 138

4부 | 세상살이의 미적분

믿음의 고착화 …… 144
민족과 재능(才能) …… 148
중산층(中産層) …… 152
문화의 상대주의 …… 156
징비록(懲毖錄) …… 160
땅 …… 165
유배(流配) …… 169
세상살이의 미적분(微積分) …… 173
권력과 거리 …… 177
S씨의 죽음 …… 181

5부 | 세모의 고향생각

손수건 …… 186
부부의 애증(愛憎) 산맥 …… 190
추정만리(秋情萬里) …… 194
세월무정 …… 199
2013년 새해를 맞으며 …… 201
세모(歲暮)의 고향생각 …… 203
이재락 선생 영전(靈前)에 …… 207
재채기 …… 211
정상과 비정상 …… 215
자존감(自尊感) …… 220

6부 | 낙오자

가는 해의 취상(贅想) …… 226

제갈공명 …… 229

늑대 …… 235

〈난중일기〉 그리고 이순신 …… 239

만고(萬古)의 진리 …… 244

성(性)대결 …… 248

공동묘지 …… 252

한시(漢詩) 유감 …… 256

K와 고향 …… 259

낙오자 …… 263

청상과부(靑孀寡婦) …… 267

오세암(五歲庵) …… 272

뭉게구름 …… 276

1부

봄날의 랩소디

어느 트럼펫 연주자 | 봄의 탄식 | 40년 전의 6월
여항(閭巷) 시인 | 노욕(老慾) | 행복한 물고기
올림픽을 보면서 | 이완용과 글씨 | 별리(別離)
봄날의 랩소디(Rhapsody) | 탄로가(嘆老歌)

어느 트럼펫 연주자

서신혜 님이 쓴 『열정』이란 책은 조선시대 때 한미한 집안에서 태어났으나 그들이 가진 천부적 재능을 열심히 갈고 닦아 드디어 정상의 자리에 오른 음악인들의 이야기를 모은 것이다. 그래서 '천한 광대 악인(樂人)의 비범한 삶'이라는 부제가 붙어있다.

그 책에는 거문고의 명인 옥보고(玉寶高) 이야기도 나온다. 신라 경덕왕 때 사람 옥보고는 지리산에 들어가 무려 50여 년 동안 거문고를 혼자 익히고 거문고 음악 50여 편을 작곡하였다. 그 후 그가 거문고를 타면 어디선가 검은 학이 날아와서 그 곡에 맞추어 춤을 추었다. 그 때문에 거문고를 현학금(玄鶴琴) 또는 현금(玄琴)이라 부르게 되었다 한다.

그런데 한 가지 궁금한 생각이 든다. 5, 60년 동안 혼자 연습한다고 달인(達人)의 경지에 이를 수 있을까? 고루한 생각인지는 모르겠으나 나는 예술에는 반드시 “이렇게 해 봐라” 혹은 “저렇게 해 봐라” 가르쳐 주는 스승이 있어야 한다고 믿는다.

피아노를 배우고 싶은 열정이 지극히 높은 사람이 피아노 악보를 한 짐 짊어지고 깊은 산 속에 들어가서 혼자 피아노를 4, 50년 연습했다고 가정해 보자. 이렇게 혼자 익힌 그가 정통(正統) 맥을 잇는 피아니스트가 될 수 있을까. 배울 때는 코치(coach)가 있어야 하는데 산 속에서 누가 가르쳐 준단 말인가. 정상에 오른 운동선수들, 이를테면 권투의 알리(Ali)나 테니스의 나달(Nadal) 같은 달인들도 아직껏 “이렇게 해라” “저렇게 해라” 일러주는 코치가 있다.

서신혜 님의 『열정』을 보면 남들에게 감동을 주고 천하를 움직이게 한 예술가들은 하나같이 그들 뒤에는 격려해 주며 피나는 노력과 지도를 아끼지 않는 스승이 있었다는 것을 알 수 있다. 세상에 이름이 난 음악가나 무용수, 시인, 화가들을 보라. 그들이 정상에 오르기 전에는 기를 쓰고 뛰어난 선생 밑에 가서 지도를 받으려고 하고, 또 뒤에서 이러한 기회를 얻어 주려는 재정적 후원을 해주는 조직도 있지 않은가.

예술인의 천적(天敵)은 가난이다. 『열정』에 등장하는 천재 음악인들의 경우 자신의 앞날을 경제적으로 스스로 책임질 능력이 있는 사람은 단 한 사람도 없다. 1960년대 내가 유학을 떠나기 전만 해도 음악을 전공하는 학생들은 경제적으로 비교적 부유한 집 출신들이 많았다. 요사이는 그 경향이 더 심해져서 레슨(lesson)비를 감당할 여유가 있는 부모가 아니고서는 자녀가 음악을 전공하는 것을 생각하기가 어렵게 되었다. "20억 재산도 없는 놈이 제 새끼들을 음대에 보내는 바보"라는 뼈있는 농담이 떠돌아다닌 때가 벌써 몇 십 년 전이 아닌가. 지금은 그 20억이 4, 50억으로 불어났을 것이다.

몇 주 전 토론토 신문에는 다음과 같은 훈훈한 인정을 담은 기사가 하나 실렸다. 즉 토론토 교향악단 트럼펫 연주자로 있는 맥캔들리스(A. McCandless)는 그 부인이 사내아이를 낳았는데 아이 이름을 자렛(Jarrett)이라 지었다. 자렛이라는 이름 뒤에는 다음과 같은 긴 사연이 소개되었다.

지금으로부터 31년 전, 그러니까 1980년 당시 10살 백인 중학생이던 맥캔들리스는 미국 켄터키 주 렉싱턴(Lexington)에 살고 있었다. 흑백 통합학교를 다니던 맥캔들리스는 자렛이라는 34살의 흑인 음악 선생에게서 트럼펫 레슨을 받았다. 아버지가 지붕 덮개 공사를 하며 생계를 이어가는 가난한 노동자의 아들 맥캔들리스에게 과외레슨은 큰 재정적 부담. 그러나 음악 선생 자렛은 맥캔들리스에게는 레슨비도 받지 않을 뿐 아니라 자기 돈으로 새 트럼펫도 하나 사주며 지성으로 트럼펫 연주를 가르쳤다. 이에 힘을 입은 맥캔들리스는 기악을 전공으로 택하고 뉴욕 주 로체스터에 있는 명문 이스트만(Eastman) 음대에 입학했다. 과정을 마친 그는 뉴욕, 시카고 등 미국의 여러 교향악단에서 연주자 생활을 하다가 몇 년 전에 토론토 교향악단으로 오게 된 것이다. 자기를 음악의 길로 들어서게 한 그 흑인 음악 선생을 잊지 못하여 아내가 사내아이를 낳자 이름을 자렛이라고 지은 것이다. 그야말로 요새 점점 들어보기가 어려워지는 말 "선생님, 존경하고 사랑해요(To Sir, with love)"의 훈훈한 이야기다.

이 같은 우리 가슴을 훈훈하게 해주는 이야기가 들려오는 한 이 세상은 아름답고 살맛이 나는 곳. 괴테(Goethe)가 말했던가, 하늘에는 별이 있어서 아름답고 땅에는 꽃이 있어서 아름답다고—. 나는 여기에 한마디 더 붙이고 싶다. 사람에게는 사랑이 있어서 아름답다고—.

언제고 틈이 나면 나는 맥캔들리스가 부는 트럼펫 소리를 들으러 가볼 생각이다. 트럼펫 소리야 누가 불든 나 같은 귀머거리에게는 마찬가지로 들리겠지만 따뜻한 인정의 숨결 아래서 숙성(熟成)된 트럼펫 소리는 더 다정하고 가깝게 들리지 싶다.

(2012. 2.)

봄의 탄식

연분홍 치마가 봄바람에 휘날리더라
오늘도 옷고름 씹어가며
산제비 넘나드는 성황당 길에
꽃이 피면 같이 웃고
꽃이 지면 같이 울던
알뜰한 그 맹세에 봄날은 간다

위는 한국의 데카당(décadent) 시인 손로원의 탄식에 불세출의 작곡가 박시춘이 멜로디를 달고 가희(歌姬) 백설희의 고운 목소리로 음반에 담은 〈봄날은 간다〉의 첫 번째 절이다. 내가 한국 E여자대학교에 있을 때였던가. 시(詩) 계간지 〈시인 세계〉가 전국의 내로라하는 시인 100명을 대상으로 한 설문조사에서 〈봄날은 간다〉가 애창곡 가사로 가장 많은 지명을 받았다는 신문 기사를 읽었다.

내가 이 노래를 처음 대한 것은 대학교 때였지 싶다. 그러나 이 노래는 주인을 잘못 만났다. '꽃이 피면 같이 웃고 꽃이 지면 같이 우는' 애상적이고 섬세한 것에는 무조건 고개를 돌리는 것이 사나이의 예의라고 생각했던 철없던 시절이 아니었던가. 가정을 버리고 평생을 돌아다니다가 70고개를 넘자 그제서야 슬며시 본처에게 돌아온 난봉꾼마냥 내가 이 노래에 마음이 끌리기 시작한 것은 세월이 흘러 내 머리에 흰 머리칼이 부쩍 늘어난 때부터였지 싶다.

어머님의 가사(歌辭)에 자주 나오는 문구 "슬프다 나의 연광(年光) 일흔이 넘었구나…"처럼 이제 내 연광도 일흔이 넘었으니 꽃이 피었다고 웃을 일도, 꽃이 졌다고 울 일도 없는 감정적으로 무뎌진 하루하루가 아닌가.

봄이 왔다. 봄은 오면 가는 것을 먼저 걱정하는 계절. 내가 알기로는 여름이나 가을, 겨울이 가는 것을 슬퍼하는 시를 남긴 시인은 없다. 그러나 봄이 가는 것을 탄식하거나 안타까워하는 심정을 노래한 시인은 그 수를 헤아릴 수 없으리만큼 많다. 봄을 여읜 슬픔을 가장 애절하게 노래한 시인은 남쪽 훈풍이 불어오면 매화꽃이 피었다는 소식을 남보다 먼저 보내오는 전라도 강진 땅에서 태어난 영랑(永郎) 김윤식이다.

모란이 피기까지는/ 나는 아직 나의 봄을 기다리고 있을 테요/ 모란이 뚝뚝 떨어져 버린 날/ 나는 비로소 봄을 여읜 설움에 잠길 테요/ ……. 모란이 피기까지는 나는 아직 기다리고 있을 테요/ 찬란한 슬픔의 봄을

영랑이 찬란한 슬픔의 봄 시심(詩心)에 이르기까지는 당시 신문학의 요람 휘문의숙에 입학하여 박종화, 홍사용, 정지용, 이태준 같은 뒷날 문단의 큰 별이 된 선후배들의 영향이 컸지 않을까.

간밤 비에 피어서/ 아침 바람에 지누나
가련다 한 봄 일이/ 풍우 속에 오가네
(花開昨夜雨 …… 往來風雨中)

비바람에 꽃이 피고 지고는 한 해가 후딱 지나가버린다고 세월무정을 노래한 조선 중기의 문신 운곡(雲谷) 송한필의 탄식이다. 아마도 운곡의 비바람이란 실제 비와 바람이라기보다는 남을 모략중상으로 얽어매어 사화(士禍)를 꾸민 주인공들을 두고 하는 말일 것이라는 생각이 든다.

중국 당나라 때 우무릉이란 시인은 〈권주가〉 한 수로 비바람에 흩어지는 꽃잎을 인생 별리(別離)에 빗대어 한숨지었다.

> 그대에게 황금의 술잔으로 권하니/ 이 술을 사양 말고 들게
> 꽃이 비바람에 흩날리니/ 인생도 만나면 헤어지는 것
> (勸君金屈巵 …… 人生足別離)

아무리 좀 더 있다 가라고 울며불며 매달려도 봄은 연자방아처럼 한 바퀴 빙 돌아서 왔다가는 가고, 갔다가는 다시 오는 것이다.

봄이 오면 고등학교 고문(古文) 시간에 배운 두시언해의 주인공, 천추만대의 시성(詩聖) 두보의 〈춘망(春望)〉을 잊을 수 없다.

> 나라는 망하였으나 산과 강은 그대로 있고
> 봄이 찾아온 성에는 풀과 나무만 깊었구나……
> (國破山河在/ 城春草木深 ……)

안록산의 난 때문에 촉으로 피란을 간 당나라 임금 현종이나 정처 없이 떠다니던 시인 두보도 수 백리에 뻗친 피난민의 대열과 쑥내밭이 된 수도 장안의 처침한 모습을 보고 어찌 전쟁의 슬픔을 아니 느낄 수 있었으랴.

봄이 오면 생각나는 것은 춘원(春園) 이광수의 〈할미꽃〉이다. 늦봄 농촌의 서정과 인생유전을 콧등이 시큰할 정도로 서럽게 묘사한 시(詩)가 곧 〈할미꽃〉이 아닌가.

보리밭 가에/ 찌그러진 무덤—/ 그는 저 찌그러진 집에/ 살던 이의 무덤인가/ 할미꽃 한 송이/ 고개를 숙였고나/ 아아 그가 살던 밭에/ 아아 그가 사랑턴 보리/ 푸르고 누르고/ 끝없는 봄이 다녀 갔고나/ 이 봄에도/ 보리는 푸르고 할미꽃 피니/ 그의 손자 손녀의 손에/ 나물 캐는 흙 묻은 식칼이 들렸고나/ 그 변함없는 농촌의 봄이여/ 끝없는, 흐르는 인생이여

옛날 어렸을 때 어른들이 봄을 탄식하는 것을 많이 보았다. 그때는 왜 그런 탄식을 하는지 어렴풋이 짐작할 수밖에 없었다.

아, 이제는 알겠구나. 모든 생물이 다시 살아나는 봄의 향기에 뒤따라 온 무너져버린 자기의 청춘에 대한 회한(悔恨) 때문이란 것을! 달이 두세 번 차고 기울다 보면 어느덧 봄이 가고 여름이 온다.

(2013. 4.)

40년 전의 6월

올 6월 어느 날 토론토 신문에는 어느 동양인의 전신을 담은 큰 사진 한 장이 올랐다. 어떤 여자 아이가 공포에 질린 표정으로 울부짖으며 알몸으로 거리를 뛰쳐나오는 사진. 사진에 대해서 좀 더 설명하자.

월남전의 포화가 날로 뜨거워 가던 1972년 6월, 월남의 어느 작은 마을에 살던 9살의 푹(Kim Phuc)이라는 소녀는 미군이 퍼부은 네이팜탄에 화상을 입고 거리로 뛰쳐나와 다른 아이들 셋과 함께 공포에 질린 표정으로 울부짖으며 뛰어오고 뒤에는 미국 군인 두세 명이 걸어오는 장면을 담은 사진이었다.

이 사진을 찍은 사람은 당시 21살의 AP종군기자 웉(Nick Ut)씨—. 이 세상에 살고 있는 사람 대부분이 언젠가 한 번은 보았을 이 사진—. 네이팜탄의 화염공격을 받고 두려움에 울부짖으며 알

몸으로 거리로 뛰쳐나온 9살 소녀를 찍은 이 사진은 전쟁의 비극을 말해주는 무언의 증거물이 되었다. 기독의 사랑을 가장 잘 실천하고 있다고 자랑하는 은총의 나라, 전쟁을 일으키면서까지 온 세상에 복음을 전파하려고 애쓰는 전도의 나라, 바야흐로 민주주의의 꽃이 만개(滿開)했다는 무지개의 나라 미국, 이 미국이 저지른 또 하나의 전쟁에서 일어난 양민학살의 증거를 제시한 것이다. 종군 기자 웉은 이 소녀를 향해서 반사적으로 카메라 셔터를 누르고 그녀의 몸에 찬물을 끼얹고는 자동차에 싣고 곧바로 병원으로 달려갔다.

40년의 세월이 흘러 올해 61살로 접어든 사진기자 웉 씨는 아직도 AP에서 일하고 있다. 이 사진으로 유명한 퓰리처(Pulitzer) 상을 받은 그는 그의 집 거실 벽에 이 사진을 걸어두고 요사이도 매일 한 번씩은 들여다보는데 그 사진을 볼 때마다 나오는 눈물을 참기 어렵다고 한다. 미국을 대신한 속죄의 눈물인가.

푹 씨를 도운 사람은 사진기자 웉 씨만이 아니다. 푹 씨의 치료를 위해서 그를 독일병원으로 옮겨준 크레츠(Perry Kretz) 씨, 푹 씨가 살던 마을에 네이팜탄의 목격했고 화상을 입은 푹 씨를 성형수술을 해줄 수 있는 병원으로 옮겨준 웨인(Christopher Wain) 씨가 있다. 모진 것이 목숨이라 푹 씨는 살아서 회복을 하여 2012년 현재 캐나다에서 살고 있다. 그 때 성심성의껏 푹 씨의 망명 신청 수속을 도와주었던 오스몬드(Murran Osmond) 씨, 마지막으로 월남 사이공의 어느 병원에서 화상을 입은 푹 씨를 간호했던 올해 91살의 간호사 아세놀(Martha Arsenault) 씨가 있다.

2012년 6월 어느 봄 날, 푹 씨를 위해서 헌신적인 도움의 손길을 내밀었던 다섯 사람들이 한 자리에 모였다. 삶을 축하하는 자리, 눈물의 찬란한 빛을 노래하는 자리였다. 어떻게 보면 푹 씨는 억세게 재수 좋은 사람. 왜냐하면 그가 언론에 소개되어 유명하게 되었으니 말이지 푹 씨가 살던 마을에서 온몸이 화염 속에 싸여 비참한 최후를 맞은 농민들이 얼마나 많았을까.

전쟁은 한 인간집단이 다른 인간집단에게 저지를 수 있는 최악의 횡포다. 모든 전쟁은 전쟁을 끝내기 위한 전쟁이라 하나 그것은 어디까지나 말장난, 진정한 민주주의 사회에서 발전이나 진보는 있어도 혁명이나 쿠데타는 있을 수 없는 것과 마찬가지로 전쟁을 일으킨다는 것은 어떤 이유로도 합리화가 안 된다. 이유 없이 전쟁을 일으켜 사람의 생명을 희생시키는 자는 하늘이 벌을 내린다고 하나 그것도 거짓말. 이웃 나라들을 침범, 전쟁을 일으켜 수많은 인명 피해를 입힌 몽고의 징기스칸(Genghis Khan)이나 수백만의 동족 사상자를 낸 북한의 김일성이 하늘이 내린 벌을 받았다는 이야기는 못 들었다. 더 최근에 와서 미국의 전쟁 연구가 파웰(Powell)이 지구상에서 가장 전쟁을 많이 한 나라로 지명한 전쟁의 금메달리스트 미국이(모두 180번이라던가?) 어떤 천벌을 받았다는 얘기도 없다.

미국 군대가 퍼부어댄 네이팜탄 공격이 아니었으면 푹 씨는 언제 어디서 이렇게 따뜻한 사랑의 숨결을 느껴볼 수 있었을까? 목숨을 걸다시피 한 인류애나 도움의 손길은 월남의 어느 한적한 마을에 쏟아진 네이팜탄이 아니었으면 애당초 일어나지도 않았을 일이다.

우리 인간에게는 남을 죽이는 지극히 악독하고 사악한 면이 있는가 하면 남을 도와주고 하늘도 감격할 온정의 손길도 내밀 줄 아는 착한 면도 있다. 둘 다 전쟁 같은 비극이 없이는 동시에 경험하기는 어려운 인간들이 가진 특성일 게다. 1972년 6월에 시작한 다섯 사람의 한 인간에 퍼부은 사랑은 40년이 지난 오늘까지 연연히 그 빛을 잃지 않고 이어오고 있다. 천사여, 사랑의 천사들이여!

(2012. 7.)

여항(閭巷) 시인

조선조는 시(詩)를 써서 생계를 꾸려가는 의미의 전문시인은 없었다. 그때는 시인이라고 해서 특별히 존경받는 세상이 아니었다. 시(詩)는 어디까지나 양반의 전유물—. 통치자든 유일한 출세 길인 과거에 등과한 사람이든 아니든, 글깨나 한 사람이면 누구나 시(詩)를 쓸 줄 알아야 했기 때문. 중인이나 천민은 어깨 너머로 배우는 수밖에 없었다.

그러나 18세기에 들어와서 중인이나 천민 계층에서 뛰어난 시(詩)적 감각과 재능을 가진 사람들이 나오기 시작했고, 이들이 마음을 모아 갖가지 시회(詩會)를 열었다. 이를 가리켜 여항(閭巷)문학이라 한다. 요샛말로는 '서민문학'이라는 말이 가장 가까운 말일게다.

『홍길동전』을 쓴 허균과 그의 누나 난설헌(蘭雪軒) 허초희 남매의 시(詩) 스승이요, 최경창, 백광훈과 더불어 삼당시인(三唐詩人)으로 불리던 손곡(蓀谷) 이달을 여항문학의 비조(鼻祖)로 꼽는 이가 많다.

본격적인 여항시인으로는 유하(柳下) 홍세태를 꼽을 수 있다. 효종 때 태어나 숙종, 영조 때 이름을 날리던 홍세태는 그의 어머니가 종으로 천민 출신. 어떻게 해서 시(詩)를 쓰게 되었는지 모르겠으나 당시 임금이던 숙종, 영조의 귀에까지 들어가 그들의 사랑을 받았다.

안대희 교수를 따르면 유하는 시를 잘 지은 덕분에 어느 권세가의 도움으로 노비 신분에서 벗어날 수 있었을 뿐 아니라 작은 벼슬자리도 하나 얻었다. 그의 노력을 본받아 도회지 뒷골목의 서민들도 모두 책을 구해서 독서를 하기 시작했다 하니 그의 영향력은 참으로 대단했던 모양이다.

유하는 타고난 신분 때문에 평생을 울분으로 지내다가 죽기 전 자기 작품을 모두 모아 편집해서 자서(自敍: 자기가 자기 자신의 일을 서술하는 것)까지 써두고 부인에게 자기가 죽으면 이 문집을 내달라고 부탁했다 한다.

이들 여항문인들이 밖으로 내놓지는 않았겠지만 속으로 그들의 재능을 알아주지 않는 기득권 양반사회에 대한 분노와 원망, 불만과 서러움이 얼마나 컸겠는가.

다시 안대희 교수의 힘을 빌려 유하의 늙어가는 말을 소재로 쓴 시(詩) 한 수를 보자.

시골 마을에 늙은 암말이 있다네
태어날 때는 천리마 망아지였지
남다른 점 보지 못한 촌사람들
앞 다투어 빌려다가 달구지 끌게 하네
....
서울에는 넓고 큰 길 있건마는
이 말은 촌구석에 처박혀 있네
(田家有老牝 …… 此馬終邨墟)

빼어난 자질이 있으나 세상에서 인정을 받아보지 못하고 늙어가는 말의 처지에 자신을 빗대어 신세타령, 울분을 토해놓은 것을 엿볼 수 있다.

여항문인들이 자취를 감춘 지가 벌써 오래다. 양반-천민 구별도 없어졌다. 시(詩)나 산문 따위의 글이 배운 자만의 진유물이던 시대도 지나갔다. 바야흐로 문자 공용의 시대. 누구나 시(詩)를 쓰고 누구나 산문을 쓰니 읽는 사람보다 쓰는 사람이 더 많은 것 같은 세상이 되었다.

지금은 민주화의 시대. 개인의 능력만 있으면 수십 층 고층 건물의 주인도 되고, 심지어 청와대 주인도 꿈꿔볼 수도 있다. 계급

간 차별도 옛말이다. 그러나 또 다른 형태의 차별이 해가 갈수록 더 심해지는 것은 부인할 수 없는 것 같다. 다름 아닌 요즈음 심해지는 서울과 지방 간의 차이를 두고 하는 말이다. 그 차이가 옛날 여항문인과 지배층 양반문인의 차이와 비슷하다면 지나친 과장일까.

서울은 대한민국 모든 것의 중심. 대한민국 안에 서울이 있는 게 아니라 서울 안에 대한민국이 있다. 뭣이든지 서울이 최고, 지방이면 2류, 3류를 면치 못한다. 대학이 그렇고, 문학 예술이 그렇다. 그러나 한 가지 위안과 희망은 요새 와서 지방 문단이 활기를 띠고 있다는 것이다. 옛날에는 잠잠하던 지방문학 활동이 활발해져 간다. 전주, 강릉, 청주, 경주, 안동 그리고 광주 등 실로 무수한 도시에서 시(詩)나 산문을 쓰는 문학회가 생기고 그들이 발간하는 문예지도 읽기가 바쁘다.

그러나 걱정도 있다. 시(詩)건 산문이건 글을 쓴다는 것은 얘기도 못 들었던 사람이 어느 날 갑자기 문집을 보내 올 때면 불안한 생각이 든다. 대필(代筆)해주는 사람도 있다는 말이 얼른 떠오르기 때문이다. 여항문인들은 자기들의 문학적 욕구도 발산하고 또 자기들이 얼마나 탁월한 문학적 재질이 있는가를 세상에 알리기 위해서 시회(詩會)를 가졌다. 오늘날 글 쓰는 사람들 중에서 남이 쓰니까 나도 쓴다는 것을 알려주기 위한 것이라는 생각이 들 때가 많다는 생각이 드는 것은 어쩌랴.

(2012. 1.)

노욕(老慾)

… 건강이 너무 많다는 말은 무슨 말인가?

늙은이가 지나치게 건강하다 보면 노욕(老慾)이 생기고 노욕이 아랫배에 붙으면 노추(老醜)해지고 매사에 움켜쥐기만 하다가 끝내는 망신이나 당하고 마는 것. 이것은 사람이 사람이라는 존명(存命)의 영위에서 바라볼 때는 차라리 진작 죽기만도 못한 불건(不健)이 아니겠는가…

위는 시인 C씨가 문우(文友) C여사에게 보낸 편시에 실렸던 내용을 인용한 것이다. 올해로 아흔셋을 넘기고 있는 노(老) 시인 C씨는 건강법이란 곧 양심법(養心法), 즉 마음을 기르는 법이라며 위의 말을 했다.

요즈음 내 컴퓨터에 오래 사는 법, 건강하게 늙어가는 법… 등 어떻게 하면 건강하게 오래, 그리고 행복하게 살 수 있을까에 대한 수많은 정보로 몹시 붐빈다. "육식(肉食)보다는 채식(菜食)을!" "대식(大食)은 자살이다. 소식, 소식(小食)을!" 등의 일반적인 구호로부터 "물 마시는 가족, 건강한 가족!" "아침저녁 운동에 도망치는 뇌졸중" "현미가 살 길이다. 쌀밥이여 안녕!" 따위의 현수막 표어 같은 충고, "마늘은 암(癌) 킬러, 마늘을!" "소금은 고혈압의 원흉, 피해라." 등의 구체적 지시에 이르기까지 다 긁어모으면 800개는 넘지 싶다. 이 중 한 가지라도 어겼다가는 내일 모레 당장 앰뷸런스(ambulance) 신세를 져야하지 않을까 은근히 불안한 생각이 들 때도 있다.

그 많은 훈계 중에서 빠지지 않고 등장하는 훈계 두 가지가 있으니 첫째는 "운동을 하라"는 것이요 "둘째는 욕심을 줄이고 마음 느긋하게 먹고 생활하라"는 내용이다.

욕심이란 무엇인가? '욕심'이란 말 속에는 자기에게만 이롭게 하려는 심보(영어로는 selfishness)도 담겨있고 무엇을 탐내는 마음, 특히 분수에 지나치게 하고자 하는 마음(영어로는 greed라 할까)도 담겨있다.

자기 분수에 지나치고 아니고는 누가 어떻게 결정하는가? 피겨스케이터(figure skater) 김연아가 "나는 세계 제1의 피겨 스케이터가 되겠다."고 했을 때 이것이 과욕인가, 야망인가? 아니면 희망, 포부인가? 다행히 김연아가 세계 제1의 꿈을 성취했으니 말이지 만약 그 꿈을 성취하지 못했더라면 세계 제1의 꿈은 허욕, 과욕,

망상, 공상이 되고 말았을 것이 아닌가. 그러니 야망, 대망, 희망, 포부는 개념상 서로 구별이 깨끗하게 되는 것이 아니요, 구별되기 위해서는 목적 달성 여부가 반드시 고려되어야 한다는 말이다.

욕심이 전혀 없는 사람은 없다. 만약 있다면 그는 자기 자신에 대해서 책임을 지지 않겠다는 사람이다. 인생의 어느 한 때 좋은 학교, 좋은 차, 좋은 집을 꿈꾸고, 이름을 날리는 가수, 배우, 백만장자가 되는 꿈을 가져보지 않은 사람이 있을까? 욕심의 시작은 꿈이요 희망이다. 욕심은 동기유발의 원천(源泉). 아무런 꿈도 없고 탐내는 것도 없는, 한마디로 욕심이라고는 전혀 찾아볼 수 없는 사람들끼리 모여 사는 마을을 생각해 보라. 이런 마을에서는 일 년 가야 탄식소리 한 번 들리지 않고, 분한 눈물 한 방울 떨구는 이도 없는, 일 년 내내 무덤 속 같은 정적만 흐르는 마을일게다.

노욕(老慾) 때문에 망신당한 사람들은 앞뒷집 현실에서 얼마든지 찾아볼 수 있다. 또한 노욕이 발전 계기가 되어 '성공' 하여 노익장을 과시한 사람들도 쉽게 찾아 볼 수 있다. 그러니 노욕이 반드시 해롭다고만 할 수는 없다. 늙어서도 젊은이들 못지않게 하는 일에 적극적이고 열심히 하는 것을 보면 장하고 존경스러워 보인다. 마음에 두고 열중하는 일이 학문일 수도 있고, 사업일 수도, 예술행위, 운동일 수도 있다. 노욕이 없다는 말은 인생을 너무 소극적으로 살아가자는 것이 아니겠는가. 나는 사람들이 늙어서 건강하고 행복하게 살기 위해서는 노욕을 줄이기보다는 노욕 발현(發現)의 소재지를 옮겨 보기를 권하고 싶다.

구체적으로 말하면 일반적으로 외적 가치, 이를테면 축재(蓄財), 명예나 지위 같은 외적(外的) 가치에서 우정이나 사랑, 예술이나 학문 따위의 내적(內的) 가치로 옮기자는 것이다. 늙어서 재물이나 명예를 얻으려고 발버둥치는 사람은 노욕(老慾)이 많은 사람으로 불리기 십상이다. 그러나 그림을 그리거나 노래를 부르거나 무용 같은 예술 활동에 빠져들거나, 자원봉사, 친목단체 같은 모임을 만들어 인간관계를 돈독히 하는 사람들을 보고 노욕(老慾)이 많은 사람이라고 부르는 경우는 드물다.

돈이나 지위, 명예 같은 외적 가치는 경쟁적 면이 많아서 내가 많이 가지면 다른 사람들이 차지할 수 있는 양이 줄어들 수밖에 없다. 그러나 우정이나 예술 행위 같은 내적 가치는 모든 사람들이 많이 가지면 가질수록 그 사회의 구성원들의 삶은 풍요롭게 되고 더 행복하게 된다.

그런데 가만 있자. 복권 한 장을 사서 백만장자의 꿈을 그려보는 것은 뭐라 해야 할까? 야망일까, 노욕일까, 아니면 공상일까?

(2012. 4.)

행복한 물고기

내가 아침저녁 산책을 가는 들판길 옆에는 우리 동네의 하수를 험버(Humber) 강으로 내보내기 위해 설치한 하수구 바로 앞에 소[牛] 외양간만한 웅덩이가 하나 있다. 그 하수구는 지름이 남자 키보다 훨씬 더 큰 점보 하수 파이프를 놓고 그 위는 잔디로 덮고 밑으로는 하수가 흘러나오도록 되어 있으니 그 파이프 관 입구에는 자연석으로 생긴 커다란 웅덩이가 있다. 웅덩이는 일 년에 대여섯 번은 더러운 물로 꽉 차있으나 보통은 어린아이 무릎 정도 깊이의 맑디맑은 물로 차 있어서 바람이 없는 날은 웅덩이 밑바닥이 어항처럼 훤히 들여다보인다.

산책길에 나서면 나는 웅덩이 위에 서서 바닥을 자세히 살펴보는 버릇이 있다. 그 웅덩이에는 수백 마리, 아니 수천 마리의 엄지 손가락만한 물고기들이 바글 바글 헤엄치며 놀고 있다. 큰 호수는 고사하고 큰 강물에서조차 헤엄 한 번 쳐보지 못한 이 딱한 물고기들은 비가 오면 험버 강으로 이어진 실개천이 불어날 때 기회를 포착, 험버 강으로 탈출, 망망대해 온타리오 호수로 나갈 수 있으련만 그럴 용기나 지혜가 없는 바보들인지 그저 이 웅덩이가 천국인 줄 알고 살고 있는 것이다.

나는 유년시절을 낙동강가에서 보냈기 때문에 유난히 물고기에 대한 애착과 호기심이 많다. 그런데 한 가지 재미있는 것은 그 거울같이 맑고 고요한 웅덩이에 침을 '퉤'하고 뱉어서 침 덩어리가 물위에 뚝 떨어졌는데도 이 물고기들은 우르르 몰려들지 않는다는 것이다. 빵 부스러기를 던져 봐도 마찬가지—. 보통 공원 연못 같은 데 있는 물고기들은 뭐라도 던지면 일단 피라미드 모양을 만들며 우르르 몰려드는데 내 산책길 옆 웅덩이에 사는 물고기들은 음식을 던져도 아무런 반응이 없다.

왜 이 웅덩이에 사는 물고기만 그럴까. 내가 생각하는 이유는 극히 상식적이다. 이 웅덩이의 물고기들은 하수구 앞에서 살고 있으니 먹이가 언제나 풍부하여 먹이를 위한 경쟁은 전혀 없다. 자기들의 생존을 위협할 천적(天敵)도 없으니 외부에서 오는 자극에는 일체 신경 쓸 필요가 없다. 오가며 먹이를 던져주는 사람도 없고, 낚시나 그물로 그들의 생명을 위협하는 일도 없는, 한마디로 박근혜의 안보상태, 변화와 자극이라곤 없는 상황에서 살다보니 이렇게 되었지 싶다. 비단 물고기만 그런 게 아니라 모든 동물들이 다 그렇지 않을까.

내 생가(生家) 역동 집에 20년 넘게 살고 있는 K씨 네는 개를 서너 마리 키운다. 그런데 이 녀석들은 낯선 사람을 보고도 멀뚱멀뚱 바라보기만 할 뿐 짖지를 않는다. 워낙 사람 왕래가 드문 곳에서 태어나서 자란 녀석들이니 짖는 버릇을 배우지 못해서 그 기능을 영영 잃어버린 모양이다.

물고기건, 개건, 사람이건 살아가면서 어느 정도의 자극과 변화는 필수적이다. 예로, 유아기에 특성 자극과 경험이 결여된 상태에서 자란 동물들이 어른이 되어서 주위 환경이 정상적으로 돌아왔다 하더라도 그 결정적인 시기를 놓쳐버리면 영원히 그 기능을 배울 수 있는 능력을 상실하고 만다는 주장이다.

예로, 유아기 때부터 말을 할 기회가 전혀 없었기 때문에 말을 배울 수 있는 결정적인 시기를 놓쳐버린 아이는 영영 말을 배울 능력을 잃어버리게 된다는 것. 사람의 경우 흑인도 남부에 사는 흑인 보다 북부에 사는 흑인들의 지능지수가 더 높다. 물론 애당초 지능지수가 높은 흑인, 다시 말하면 '좀 깨인' 흑인들이 변화와 자극이 적은 남부를 떠나 생활환경이 복잡한 산업지역 북으로 가서 그렇다는 해석도 그냥 지나칠 수는 없다.

"앞못에 든 고기들아 뉘라서 너를 몰아다가 넣었기에 들었느냐/ 북해 맑은 물을 어디 두고 이 못에 들어 왔느냐/ 들고도 못 나가는 정은 네오 내오 다르랴"

한 번 들어오면 평생을 그 곳에서 보내야 하는 궁녀 자신의 운명과 연못 속의 물고기와 비슷한 운명을 슬퍼하는 노래다. 평생을 임금님과의 하룻밤을 기다리며 청춘을 빼앗긴 궁녀의 신세보다는 내 산책길 옆 웅덩이에 사는 물고기들의 팔자가 더 상팔자가 아니겠는가.

궁녀뿐만 아니라 일반 사람도 마찬가지. 번잡하고 큰 곳에 살며 "내가 강호천지를 누비며 산다"고 생각하는 것과 심심산골에 파묻혀 평생 100리 밖 세상은 구경 한 번 못해보고 살면서도 "여기가 내 세상"으로 생각하는 것이 서로 무엇이 다를까? 오늘도 내 산책길 옆 웅덩이에는 수천 마리의 물고기들이 모여 오순도순 살고 있다. 이들이야말로 그 거실만한 웅덩이가 전부. 이들이 천적(天敵)을 걱정하랴, 주거 공간을 불평하랴, 인간의 횡포를 걱정하랴, 일용할 양식을 걱정하랴.

이 물고기들은 오가며 먹고 자는데 방해할 이도, 먹고 자는데 간섭할 이도 없는 곳에서 태평으로 살고 있으니 그야말로 완전 자유천지! 그러나 생각해 보면 이들은 장작개비 하나에 실려 강물에 떠내려가는 개미 한 마리가 자기는 지금 거대한 통나무 조각을 운전해 가고 있다고 착각하는 것과 다를 게 없지 않는가.

사람도 마찬가지. 착각은 때로는 우리에게 행복을 가져다준다. 착각은 꿈의 현실, 희망의 종착역일 때가 있는 것이다.

(2013. 3.)

올림픽을 보면서

내가 올림픽에 관해서 처음 들은 것은 초등학교에 막 들어가서 형님이 사준 어느 만화책에서였지 싶다. 남아있는 기억을 더듬으면 다음과 같다. 한국의 서윤복 선수가 올림픽 마라톤에 나갔는데 큰 개[犬] 한 마리가 서(徐) 선수에게 달려들기에 서 선수는 뜀박질하랴, 개 피하랴 온갖 어려움을 겪으며 마라톤 코스를 완주한다는 이야기. 올림픽에 나간 적도 없는 서윤복 선수에게 올림픽 마라톤이 웬일인가? 가만히 생각해보니 보스턴 마라톤이 올림픽 마라톤으로 둔갑한 것이 틀림없다. 어쨌든 내 장기 기억에는 올림픽 마라톤으로 저장되어 있다. 기억이란 오랜 시간이 지나면 다른 기존의 기억에 흡수, 용해되어 왜곡, 변혁, 재구성된다는 사실을 알면 보스턴 마라톤이 올림픽 마라톤으로 둔갑했다는 것에 그리 놀랄 일은 아니다.

요즘은 영국 런던에서 열리는 올림픽을 보느라 하루 종일 텔레비전을 켜놓고 있다. 올림픽 구경은 흥미, 재미 모두 만점이다. 무슨 경기든 간에 선수들이 지금까지 뼈를 깎는 고생을 하며 갈고닦은 실력을 유감없이 발휘해서 메달을 거머쥐어야 한다는 집념으로 최후의 결전에 임하는 처연한 모습을 보면 안쓰런 생각이 들 때도 있다. 또 어떤 운동경기, 이를테면 모자를 쓰고 신사복 윗도리를 입고 말[馬]을 타고 장애물을 넘는 equestrian(마상마술이라던가?) 같은 운동경기는 "사람이 말[馬]을 등에 업고 장애물을 뛰어 넘는다면 혹 모를까 선수가 말 위에 떡 버티고 앉아서 말을 호령하여 장애물을 뛰어넘는 경기가 말의 경기지 어찌 사람의 경기가 되랴!" 퍽 싱겁다는 생각이 든다.

"내 혼(魂)이 어디에 둥지를 틀고 있는지"를 말해주는데 올림픽보다 더 나은 것이 있을까. 한국 선수들이 태극기를 앞세우고 입장하거나 시상대에서 태극기가 올라갈 때면 콧등이 시큰해 오는 것은 누구나 경험했을 것이다. 아무리 북한이 우리에게 두통거리라 해도 북한도 우리 가족이라는 것은 올림픽을 보면 가장 분명히 드러난다. 나를 두고 종북세력이라 해도 좋고 이북을 따르는 빨갱이라 해도 좋다. 이때는 남한 국민 대부분이 종북 세력이요 빨갱이가 되지 싶다. 북한 선수를 응원하는 것은 남한 북한이라는 개념 이전의 원초적인 반응이요 정서다. 그 감정이란 논리적, 이론적으로 설명될 수 있는 것이 아니요 무릎을 작은 고무망치로 가볍게 치면 다리가 즉각 올라가는 반사작용, 영어로 말하면 knee-jerk reflex(슬개반사)처럼 나오는 감정의 원액(原液)이다.

요며칠 전에는 북한과 쿠바 선수의 유도 경기가 있었다. 정규시간 안에 승부가 나지 않아 연장전에 들어갔는데 북한선수가 천신만고 끝에 이겼다. 선수가 우는 것을 보니 나도 덩달아 눈물이 어찌나 쏟아지는지 혼이 났다. 같이 보던 아내는 "기운은 해마다 줄어가는 저 울보가 앞으로 어떻게 세상 풍파를 헤치며 살아갈까?" 은근히 걱정이 되었을 것이다. 그러나 자기도 속으로는 울었겠지—.

올림픽은 젊음의 향연. 분출된 젊음의 패기는 용암처럼 도도하게 올림픽 경기장을 덮는다. 배구 같은 경기에서는 말[馬]만한 처녀들이(처녀겠지) 물찬제비같이 날렵한 몸놀림을 보여주는가 하면 체조 경기에서는 아직도 화장실에서 엄마를 연상 불러댈 어리디 어린 소녀들이 온갖 귀엽고 신기한 몸놀림을 보여준다. 올림픽은 분명 젊은 사람들에게는 젊음의 기쁨을, 늙은이에게는 잃어버린 젊음을 되찾은 듯한 착각 속으로 몰아넣는다. 승리의 기쁨에서 오는 눈물이든 패배의 아픔에서 오는 통한의 눈물이든 눈물은 인간에게서만 찾아 볼 수 있는 것. 생각 없이는 눈물이 없고, 눈물 없이는 기쁜 감정은 물론 슬픈 감정도 없다.

내가 보는 올림픽 관전(觀戰) 응원 기준은 일반적으로 약자(弱者) 편이다. 가령 흑인과 백인이 맞붙었을 때는 흑인을, 티베트

(Tibet) 같은 약소국이 미국 같은 강대국과 승부를 가릴 때는 약소국 선수를 응원한다. 중국이나 일본 같은 동양국가가 영국이나 독일같은 서양국가와 겨룰 때는 동양국가들이 이기기를 바란다. 그러나 한국, 북한, 캐나다가 승부를 겨룰 때는 무조건 한국, 북한, 캐나다를 응원한다. 그러고 보면 나의 '약자 편을 응원하는 이 고매한 평등주의 정신'도 알고 보면 '우선 내 주위사람부터 배불리 먹고 나서 남을 돌봐주자'는 수작. 가족주의 울타리를 뛰어넘지 못하는, 실로 얄팍하고 가증스런 평등주의 정신에 지나지 않는다.

(2012. 7.)

이완용과 글씨

나라를 팔아먹은 집단의 원흉으로 알려진 일당(一堂) 이완용이 국전(國展)의 전신 조선미술전람회(鮮展)가 태어난 1922년 첫 전시회에서 서예부문 심사위원이었다는 얘기를 하면 사람들은 의아한 표정이 된다. 매국노가 서예가라니! 그러나 사실이다. 열 살 때 대 부호요 세력가 집으로 양자를 간 이완용은 16살 되던 해부터 한말의 서예가 이용희(李容熙)에게 서예를 배웠다.

어려서 신동 소리를 듣던 이완용은 여러 방면에서 뛰어난 재능을 보였으니 글씨도 그 중 하나였다. 그의 서예 실력이 알려져 그가 전라도 관찰사로 있을 때는 임금 고종으로부터 사액(賜額: 임금이 서원, 누각 등에 이름을 지어 줌) 현판을 쓰라는 명을 받은 적도 있다. 그의 글씨는 바다 밖으로도 알려져 다이쇼 일본 천황은 이완용의 글씨를 보고 싶다며 그에게 휘호를 부탁했다. 이완용은 천황이 보낸 비단에 14자로 "未離海底千山暗/ 乃到天中萬里國"(바다 속을 벗어나지 못해 온 세상이 캄캄했는데 하늘 가운데 이르러 온 세상이 밝아졌네)이라는 내용의 천황 통치로 온 세상이 밝아졌다 찬양하는 자작시를 써서 보냈다.

나는 이완용의 친필 글씨를 밴쿠버에서 유학생 시절에 본 적이 있다. 지금은 고인이 된 의사 K씨 댁에서 화선지 반폭에 행서로 쓴 이완용의 자작 한시(漢詩)였다. 글씨에 대한 사람들의 말이 많을까봐 1층 응접실이 아니고 2층방 한 구석 눈에 쉽게 띄지 않는 곳에 숨어있듯이 걸려 있는 족자—. 그의 글씨는 필력(筆力)이 무척 기운차고 고고하며 마치 대원군 난초를 보는 것 같았다.

옛날에 붓글씨는 점잖은 사람들이 여가에 즐기는 풍류. 그래서 일까. 우리나라 대통령이나 고위직에 있던 관리들 중에는 붓글씨를 남긴 사람들이 여럿 있다. 초대 대통령 이승만은 어려서 서당을 다녔기 때문에 운필에 능하고 필세(筆勢)는 견고하다 하겠으나 글씨에 시골티가 난다. 내가 안동, 대구 등 시골에서 배운 글씨의 시골티를 아직까지 벗어나지 못하고 있는 것과 마찬가지—. 박정희 대통령은 사범학교 출신이기 때문에 틀림없이 서예를 배웠을 것이다. 운필에 있어서는 다른 사람보다 더 견고하다고 할 수 있겠으나 예술성에 있어서는 그 수준이 그리 높지 않을 것 같다.

나는 정치가들 중에서 글씨 잘 쓰는 사람을 꼽으라면 서슴지 않고 중앙정보부장을 지낸 김종필을 꼽는다. 그의 글씨는 놀라운 운필법에 필체는 단아 방정하다. 뒤이은 김대중, 김영삼 대통령은 권력으로는 큰소리 칠 수 있을지 몰라도 붓글씨는 이 정도라면 차라리 내놓지 않는 게 더 낫지 싶다.

그림, 특히 구상은 미술에 문외한들에게도 '잘 그렸다'와 '잘 그리지 못했다'는 느낌이 비교적 빨리 온다. 그러나 서예는 다르다. 서예는 작품을 대하는 순간 구성, 자형(字形), 점획(點畫), 필세(筆勢) 등에 의한 조형미를 시각적으로 느끼는 예술. 그러니 작품에서 풍기는 서권기(書卷氣)나 격(格)을 알기 위해서는 어느 정도 서법에 대한 이해가 있는 것이 좋다.

조각이나 무용, 음악이나 시(詩), 서예 같은 예술 분야에서 높은 경지에 오르자면 사람부터 바로 되어야 한다는 주장이 있다. 그러나 나는 예술적 재능과 사람은 별개로 생각한다. 주위를 살펴보면 예술 분야에서 발군의 업적을 나타낸 사람들 중에는 사람이 되기는커녕 인간적으로도 망나니요 개차반들이 수없이 널려있지 않은가. 매국노로 불리던 이완용도 당시는 둘째가라면 서러워할 서예가였다. 연산군 때 희대의 간신이라 불리던 임사홍도 그의 아들 숭재와 더불어 당시 이름을 떨치던 서예가. 이 두 사람 말고도 뛰어난 예술인의 일생을 적은 책을 보면 정상적인 사회생활의 궤도에서 벗어난 기인, 부도덕한 사람들 이야기는 수없이 많다.

김윤희가 쓴 ≪이완용 평전≫을 보면 이완용은 매사에 신중하고 철두철미 현실주의자였으며 그의 많은 재산에 걸맞지 않게 비교적 검소한 생활을 했다고 한다. 다른 귀족들처럼 여자를 탐하지도 않았고 여가에는 서예에 열중, 뛰어난 서예 작품이 있다는 소문을 들으면 찾아가서 작품을 구경하는 데서 즐거움을 찾았다 한다.

김윤희를 따르면 이완용이 매국노라는 이름을 뒤집어쓰게 된 것은 재물이나 권력에 대한 탐욕 때문이라기보다는 현실을 인정한 가운데 나름대로 '합리적인 실리'를 추구한 결과라는 것이다. 덮어놓고 분개하거나 실속 없는 의리만을 내세우는 옹고집을 버리고 어쩔 수 없는 상황에서 최대한의 이익을 위해 자기가 할 수 있는 일을 택했다는 것이다.

어쨌든지 우리나라를 일본에 합방시키는데 앞장 선 사람이 이완용임은 부인할 수 없다. 내가 가진 책에는 한일합방을 앞장서서 적극 지지한 '공로'로 일본으로부터 벼슬(후, 백, 자, 남작)과 막대한 재물을 받은 조선의 지도자급 인사들의 76명 명단이 있다. 진짜 나라를 '팔아먹은' 사람들은 이완용을 포함한 바로 이 사람들이라 할 수 있다. 이 중에 조선왕 순종의 장인 윤택영도 끼어있는 것을 보니 "세상에 믿을 것도 없고, 안 믿을 것도 없구나." 하는 생각이 들었다.(76명 중 작위와 상금을 거절한 사람은 8명뿐이다.) 임금의 장인이 나라 팔아먹은 76명 인사 명단에 올랐다고 해서 이완용의 죄가 가벼워지는 것은 아니다.

아버지를 죽였다는 누명을 쓴 신라말의 대문호 고운(孤雲) 최치원이 하늘도 놀랄 패륜행위를 저질렀다 해서 후세 사람들이 그의 유려한 문장을 외면한다면 손해는 누가 보는 것일까? 예술과 사람을 떼어놓고 보질 못한다면 별로 뛰어나지도 못한 예술가가 그의 인격이 고매하다는 이유 하나로 필요 이상의 대접을 받을 것이고, 천추만대에 예술의 향기를 뿜을 걸작도 그 작가가 인간이 고약하다는 이유로 외면한다면 예술의 큰 부분이 유실되는 것과 마찬가지일 것이라는 생각이 든다.

(2012. 5.)

별리(別離)

어느 조경학자가 우리나라 한시(漢詩)에 자주 등장하는 초목의 빈도를 조사했는데 제1위를 차지한 것은 소나무도, 국화도, 대나무도 아닌 버드나무였다고 한다. 이 조경학자는 버드나무가 부드럽고, 우리의 생활공간 가까이 있어서 자주 눈에 띄기 때문에 많은 시인들의 시재(詩材)로 쓰였을 것이라는 결론을 내렸다.

그러나 한시(漢詩)에 관한 책을 여러 권 펴낸 C교수의 해석은 다르다. 버드나무가 인용된 것은 우리 가까이에서 자주 볼 수 있어서라기보다는 버드나무는 봄날의 서정을 일깨우는 나무임과 동시에 '이별과 다시 만남의 염원'이기 때문에 그렇다는 것이다. 한시(漢詩)에서 버드나무가 빈도수에서 1위를 차지했다면 그것은 봄날의 서정이나 이별을 주제로 한 작품이 많았다는 말과 마찬가지라는 것.

한시(漢詩)까지 들먹이지 않더라도 가까운 우리 옛 시조에도 버드나무는 가끔 나온다. 조선 선조 때의 함경도 종성 기생 홍랑(洪娘)이 고죽(孤竹) 최경창이 종성 부사를 그만두고 한양으로 돌아갈 때 지었다는 시조를 보면 버드나무→ 이별의 연관성을 바로 볼 수 있다.

묏버들 가려 꺾어 보내노라 님의 손대
주무시는 창밖에 심어두고 보소서
밤비에 새잎 곧 나거든 날인가도 여기소서

현대의 시조 감상가들은 홍랑이 버들가지를 꺾어 보낸 것을 두고 멋과 낭만의 극치라고 찬사를 아끼지 않는다. 그러나 내 생각으로는 이별과 가장 자주 연관되는 버드나무 가지를 꺾어 보낸 것을 보면(진부한 생각!) 미쓰 홍(洪)의 창의성이나 낭만은 극찬을 받을 정도는 아니라는 생각이 든다. 홍랑의 선물을 요새 세상에 빗대어 말하면 그 흔해빠진 넥타이 한 개와 신사양말 한 셋트를 선사한 것과 무엇이 다르랴!

이제 버드나무가 등장하는 대표적인 한시(漢詩) 한 수를 보자. 조선 중기의 풍류객이요 불세출의 문장가 백호(白湖) 임제의 〈대동강의 노래〉이다.

이별하는 사람들 날마다 버들 꺾어/
천 가지 다 꺾어도 가시는 님 못 잡았네

어여쁜 아가씨는 눈물탓이련가 …

(離人日日折楊柳 …)

그런데 어찌해서 버드나무가 이별의 상징이 되었을까? 이에 대한 답은 지극히 간단하다. 예로부터 중국에서는 유명시인이나 문장가, 이를테면 두보나 이백, 소동파 같은 문호들이 정운(情韻)의 표적으로 수목이나 물건, 장소를 그의 작품에 한 번 올리면 후세 시인들은 무조건 그 유명선배의 일컬음을 따른다. 물론 조선의 시인들은 예외 없이 중국 시인들의 인습을 그대로 답습하기 때문에 많은 조선의 한시는 그 표현이 중국의 그것과 흡사하다.

고려왕조 475년을 통틀어 이별 노래로는 단연 으뜸이요, 너무나도 유명한 노래, 정지상이 홍분(紅粉)이란 기생과 헤어지며 지었다는 〈송인(送人)〉이란 시(詩)가 있다. 이 시 첫 구가 "비 개인 긴 둑에 풀밭 고운데/ 남포에서 님 보내며 슬픈 노래 부르네/ ……" 하는 이별의 슬픔을 떠올리는 남포가 나온다. 이것은 옛날 중국의 굴원이 "사랑하는 님을 남포에서 보내며…" 라고 쓴데서 유래했다고 한다. 그 후로 남포란 말은 중국시인들에게는 물론 조선의 시인들에게도 '이별'을 떠올리는 애틋한 장소로 일컬어지게 되었다는 것이다. 그러니 버드나무→ 이별도 무슨 논리적인 의미가 있어서가 아니다.

오늘날 연인들의 애틋한 이별장소나 이별을 암시하는 것은 어떤 것일까? 약간 부풀려 대답하면 내 눈에는 없을 것같다. 구태여 있다면 페이스북(face book)이나, 청계천 옆 어느 아이스크림 가게, 아니면 사방에 널린 커피전문점이라 할까? 요새는 '애틋한 작별'이니 '보내는 마음' '그리움'같은 정감어린 말은 어딘지 시대감각에 맞지 않는 것 같은 느낌이 든다. 이 세상 어느 구석에 있더라도 시내 전화하듯 웃고 떠들 수 있음은 물론, 지구의 이쪽 저쪽으로 떨어져 있어도 하룻밤만 지내면 서로 만나볼 수 있으니 애달픈 그리움, 버들가지 따위가 무슨 의미가 있겠는가.

요즈음은 이별의 슬픔도 없어진지 오래고 만남의 기쁨도 곰탕집 드나들며 마주치면 손들어 인사하고 지나가듯 가볍고 얄팍한 감정의 나눔뿐이다. 세상은 이를 데 없이 편리한 세상이 되어가지만 사는 재미는 점점 줄어드는 것 같다. 어디까지나 나같은 태곳적 인사만 그렇단 말이지 천만의 말씀, 요새 젊은이들은 그 반대다. 이들에게 세상은 갈수록 재미가 있는 세상이 되어간다. 귀가 헐도록 노래도 듣고, 밤새도록 말춤도 추고… 보고 싶은데 없어서 보지 못하는 것은 없는 이 좋은 세상, 여기가 바로 천당인길!

그러나 앞으로 수백 년이 지나면 오늘의 천당은 수리도 할 수 없을 정도로 낡고 허물어지게 되고 말 것. 그러나 한 가지, 만나고 헤어지는 인생살이의 희비(喜悲)는 그대로 있을 것이다. 그런데 헤어지고 다시 만나는 모습은 어떻게 달라질까 궁금하다.

(2012. 11.)

봄날의 랩소디(Rhapsody)

生色一年芳草雨, 薄情三月落花風

방초에 비를 뿌려 한 해 생색내더니만, 박정코나 삼월광풍 꽃은 왜 지우는가?

한말의 풍운아(風雲兒), 개세(蓋世)의 영웅 우남(雩南) 이승만의 시(詩)다. 나는 우남의 한시를 자유자재로 읽고 감상할 실력도 여유도 없는 둔재(鈍才). 우연히 어느 시인의 산문집을 뒤적이다가 눈에 띄기에 베껴둔 것이다.

1875년 황해도 시골에서 양녕대군의 다섯째 아들 이흔(李訢)의 서계(庶系)로 내려온 몰락한 양반집에서 태어난 우남 이승만은 두 살 때 서울로 이사를 와서 우수현(雩守峴: 비가 오랫동안 내리지 않을 때 기우제를 지내는 마루턱) 남쪽에 살았다. 그의 아호 우남(雩南)

은 여기서 나온 것이다.

우남은 우리나라 초대 대통령을 지냈다. 그러나 영화 끝에 욕(辱)이라는 말처럼 그의 정권 말기에 실정(失政)을 하여 나라 밖으로 쫓겨 갔다가 그 외로운 타국에서 쓸쓸히 이 세상을 하직하는 눈을 감았다. 그는 이라크의 사담 후세인이나 중국의 모택동 못지않는, 한국현대사에서는 결코 빼놓을 수 없는 풍운아요 건국 초기의 영도자였다. 그에 대해서는 아직도 찬반(贊反) 말들이 많다.

위에 인용한 우남의 시(詩)는 비바람에 시달려 낙화 신세가 되는 슬픔을 노래한 절구. 비바람은 꽃을 피게 하는 예쁜이 역할도 하지만 핀 꽃을 뚝 떨어지게 하는 심술도 있다. 그러나 시인들은 꽃을 떨어뜨리는 원흉으로 묘사하기를 더 좋아하는 것 같다. 그래서 일찍이 조선 중기의 문신 면앙정(俛仰亭) 송순은 "꽃이 진다하고 새들아 슬퍼마라. 바람에 흩날리는 꽃의 탓 아니로다…"고 노래하지 않았는가.

중국 당(唐)대의 시인 우무릉(于武陵)도 그의 오언절구에서 "꽃 피면 비바람 인생엔 이별(花發多風雨/ 人生足別離)"이라고 읊은 것은 비바람은 꽃잎을 흩날리는 원흉도 되지마는 인생살이에서 가장 큰 슬픔인 영원한 이별과도 관련되어 있는 것으로 볼 수 있다는 말이다.

조선 선조 때 문신 운곡(雲谷) 송익필도 그의 〈우음(偶吟)〉에서 비바람을 나무랐다.

밤비에 피던 꽃이
아침 바람에 지네
가엾다. 한 해의 봄이
비바람 속에 오가다니—.
(花開昨夜雨 … 往來風雨中)

정민 교수는 위의 시 정조(情調)로 보아 작가는 꽃 아닌 사람 이야기를 하고 싶은 것 같다고 술회하였다. 즉 나라와 자신을 빛낼 젊고 유능한 인재들이 당시 권력의 뒨서리에 희생되어 피어보지도 못하고 시들어 떨어지는 모습을 지켜보는 슬픔이 이 시(詩)에 잘 나타나 있다는 것이다.

꽃을 사람으로 보고 비바람을 기득권 세력의 횡포로 본다면 앞서 인용한 우남의 시(詩)도 죄 없이 구석으로 내몰린 아까운 인재들을 보고 슬퍼 탄식하는 해석이 가능하다. 이성계의 18대손이지만 한파(寒派)로 알려진 양녕대군파에 속한 가계인데다 그 파내에서도 격이 낮은 서계(庶系)였기 때문에 오랫동안 벼슬길이 막혀 몰락, 빈한한 가정에서 자란 우남 이승만—. 이러한 가족 배경은 말이 왕족이지 기득권 횡포에 평생 기(氣) 한번 못 펴며 움츠리고 살아온 자기와 비슷한 처지의 사람들에 대한 동정과 쌓이고 쌓인 울분이 어찌 없었으랴.

봄이면 피어났던 꽃들은 비바람 아니더라도 봄이 저물면 저절로 떨어지는 것. 이 세상에 도대체 영원 무한한 것이 어디 있는가. 사람은 죽어서 황천을 가고 무덤도 세월이 가면 봉분이 무너져 내려앉고, 비석은 마멸되고, 찾아오는 사람 발자국 소리도 끊어진다. 서울대학교에서 철학을 가르치던 김태길 교수의 수필집에 ≪꽃 떨어져도 봄은 그대로≫라는 제목을 단 책이 있다. 꽃이 떨어져도 이 세상 모든 일은 아무 일 없다는 듯 말없이 진행된다는 것. 그러니 한 번 일이 뜻대로 되지 않았다고 낙심하지 말고 꾸준히 마음 속에 둔 일을 계속해 나가자는 말이다.

김 교수는 또한 일본 어느 고등학교 기숙사 노래에 "봄이 감을 슬퍼하는 노래(行春哀歌)라는 것이 유행했었다"고 한다. 그러나 노랫말을 밝히지 않아 내용에 대해서는 알 길이 없다. 김태길 교수는 노래내용이 너무 슬퍼서 젊은이들에게는 좋은 노래가 못된다고 했다. 그러나 나같이 70 고희를 넘긴 촌로(邨老), 비바람 없이도 갑자기 어느날 잘 익은 과일[熟果]처럼 '뚝'하고 저절로 떨어질 사람에게는 봄이 가져오는 슬픔을 느끼지 못하는 것도 부끄러운 일. 그 노래의 내용이 무척 궁금하다.

조금 전 창밖을 내다봤더니 안개가 자욱하여 불과 10미터도 안 되는 거리에 있는 건물도 보이질 않았다. 세상에! 운심부지처(雲深不知處). 우리가 어리석어 꿈속에 산다더니 이게 바로 그 꿈속의 일이런가? 그러나 몇 분 사이에 안개는 어느덧 걷히고 밤새 흐르던 그 강물이 조용히 그 모습을 드러냈다. 호수같이 잔잔한 강물. 나를 기쁘게 그러나 때로는 슬프게 해주는 봄이 왔다.

(2012. 3.)

탄로가(嘆老歌)

탄로가(嘆老歌)—. 늙음을 탄식하는 노래다. 이 세상에 집단을 이루고 사는 인간 종족 중에 노래 없는 종족이 어디 있으며 그 종족 문화에 늙음을 탄식하는 노래가 없는 종족이 어디 있을까. 죽음에 한 발짝이라도 더 가까운게 늙음이다. 죽고 나면 이 세상보다 몇 배 더 좋은 세상에 가서 살 수 있다지만 그런 세상이 정말 있는지는 거기를 다녀온 사람이 없으니 아무도 모른다. 내 생각으로는 그런 세상이 있다면 죽음을 두려워하는 사람들을 안심시키기 위한 방편으로 꾸며 낸 것 같다.

늙으면 서럽고 슬프다. 일찍이 송강(松江) 정철도 나무가 고목이 되면 오던 새도 오지 않는다하지 않았던가. '탄로가'하면 제일 먼저 생각나는 것은 고려말의 대학자 역동(易東) 우탁이 남긴 "한 손에 가시 쥐고…"와 "춘산에 눈 녹인 바람…"으로 시작되는 두 수이다. 역동 선생이 세상을 뜬지 700년 가까운 세월이 흘렀으나

이 탄로가 두 수는 700년 시공(時空)을 넘어 오늘날 세상 사람들 입에 오르내리고 있다.

역동 이후로 늙음을 탄식하는 노래가 왜 없었겠는가 마는 송강의 다음 두 걸작이 나오기까지는 그가 가신 후 270년 가까운 세월을 기다려야 했다. 술과 여인의 분 냄새를 좋아하기로 이름난 당대의 문호 송강은 벼슬과 권세주위를 맴돌기를 좋아했지만 세월의 무게는 어쩔 수 없었던지 다음 시조를 남겼다.

이고 진 저 늙은이 짐 풀어 나를 주오
나는 젊었거니 돌인들 무거울까
늙기도 설워라커든 짐을 조차 지실까

내 나이 풀쳐내어 열다섯만 하얏고져
센 털 검게하여 아이 모양 만들고져
이 벼슬 다 드릴망정 도련님이 되고져

속절없이 20세기의 가객(歌客) 나훈아의 〈청춘을 돌려다오〉가 아닌가.

세월은 흐른다. 숙종조에 들어서면서 임진왜란의 악몽도 잊혀져 가고, 병자호란의 상처도 아물어가던 태평성대. 이제 살만한 세상이 되었다는 생각이 들어서 그럴까 늙음을 탄식하는 노래들이 쏟아져 나왔다. 숙종, 영조 때의 가객 노가제(老歌齋) 김수장은 여인으로부터 냉대받은 설움을 탄로가에 쏟아놨다.

터럭은 희었어도 마음은 푸르렀다
꽃은 나를 보고 티 없이 반기거늘
각시네 무슨 탓으로 눈 흘김은 어쩌오

마음은 성춘향인데 몸은 정주영, 누구나 늙음은 찾아오는 것인데 왜 나를 늙었다고 괄시하느냐는 노인인권위원회의 절규다. 또 어느 이름을 남기지 않은 시인의 탄식—.

늙기도 서러운 것이 백발만 여겼더니
귀 먹고 이 빠지니 백발은 예사로다
그 밖의 반야가인(半夜佳人)도 쓴 외 본 듯 하여라

반야가인은 밤에 만난 아름다운 여인을 말한다. 백발에 귀 먹고 이 빠지니 이제는 백약이 무효, 아리따운 여인의 모습도 아무런 흥취를 불러 일으키지 못하니 그야말로 "하늘 가는 밝은 길이 내 앞에 있으니…"다. "개 똥 밭에 굴러도 이승이 낫다"는 세상, 아무리 몹쓸 병이 들고 고생 고생 살아도 오래 살고 싶은 욕심은 누구에게나 있는 것. 현대의학의 힘만 믿는 사람들은 '구구팔팔'이니

'구구팔팔 이삼사'니 하는 요상스럽기 짝이 없는 말을 만들어 병으로 고생고생 사는 것보다 차라리 일찍 죽는 게 낫다는 말을 퍼뜨리고 다닌다. 그러나 천만에, 우리의 삶은 아무리 병 때문에, 쪼들리는 살림살이 때문에 고통스럽다 해도 오래 살고 싶은 욕망은 눈곱만큼도 줄어들지 않는 법.

진시황이 그토록 구하려고 애쓰던 불로초 대신 21세기 첨단제약기술로 만든 불로환(不老丸)이 나왔다고 하자. 그 약 한 알에 수천 억 원을 웃돌 것이니 그렇게 되면 이 세상은 바야흐로 부자들의 천국. 앞으로 1,000년 쯤 지나면 대한민국에는 이(李)씨 성 가진 사람들과 정(鄭)씨 성 가진 사람들만 우글거릴 것이다. 내가 어려서부터 수백 번은 들었을 노래, 밭 갈고 씨 뿌리는 풀 뿌리 농민들의 삶 속에서 연연히 맥을 이어온 〈아리랑〉의 마지막 구절, "세월아 네월아 가지를 마라. 장안의 호걸들이 다 늙는다"의 두 줄 사연은 지극히 단순하면서도 그 호소력이 크다. 옛날에는 내 옆을 지나가는 그냥 노래였는데 지금은 내 가슴을 올올히 파고드는 노래 이상의 노래가 되었다.

(2013. 7.)

2부

50년 전 22살

삼락(三樂) | 50년 전 22살 | 벌집 | 속기(俗氣)
관수유거(觀水幽居) | 나의 미술작품 감상
수박 도둑 | 대중음악 | 나는 컴맹이다
점심 내기

삼락(三樂)

나는 2006년 은퇴를 하기 전까지도 친구들로부터 "너는 아직 철이 덜 난 녀석"이란 말을 많이 들었다. 이 말 뜻이 무엇일까? 세상 물정 모르고 사리판단에 어두운 사람이라는 말도 되고, 나이 값을 못하고 어리고 속(俗)된 짓을 하고 다니는 이를 농(弄)으로 일컫는 말도 된다. 아무튼 '정상(正常)'에서 이탈, 어딘가 좀 모자라는 사람이란 말이니 안 들었으면 더 좋을 말이다.

그런데 나의 무의식적 생존 책략 때문인가, 나는 이 말 의미를 약간 비틀어서 젊다는 말과 같은 뜻으로 쓰고 있다. 그러니 철이 덜 들었다는 말은 청춘이란 말에 가깝다는 뜻으로 본다. 해야 할 말, 해서는 안 될 말, 해야 할 행동, 해서는 안 될 짓을 분별없이 마구 하고 다니던 20대 청춘에서 좌충우돌 산 넘고 물 건너 70고개까지 온 백전노장에게 '아직 철이 덜 난 녀석'이라는 말을 입밖으로 내놓는 사람은 머리가 좀 잘못된 사람이 아닐까….

철이 덜 들었다는 말을 자주 듣던 시절을 돌아보기 위해 젊은 시절로 아니 돌아갈 수가 없다. 그때 이동렬은 오늘의 이동렬과는 사뭇 거리가 멀었지 싶다. 그때는 우선 남에 대한 관심이 지금보다 몇 배 많았던 시절, 여기는 안녕하신가, 저기도 안녕하신가 공연히 얼굴을 내미는 데가 많았다. 대학교 때 농촌을 되살리겠다고 농촌사회연구회 회원으로 이름만 걸어놓고 달마다 열리는 모임에는 열 번도 안 나간 이 속 빈 강정, 외화내빈(外華內貧)의 사나이.

내가 한 가지 정성을 들인 것이 있다. 불우한 가정환경으로 중학교에도 못 가고 구두닦이, 사환(使喚)을 하며 생계를 이어가는 청소년들을 위한 야학(夜學)이다. 대학교 근처 어느 허름한 건물을 빌려 12명쯤 되는 청소년들을 모아 국사를 가르쳤다. 이것이 바로 여명기 소설 ≪상록수≫의 저자 심훈이 꿈꾸던 민족계몽이겠지 속으로 으스대면서…. '계몽'이니 '민족'이니 하는 거창한 단어가 튀어나와야 할 이유도 없는데 '보기 좋은 떡 먹기도 좋다'고 우선 포장을 잘해서 그럴듯하게 보여야 한다는 허영심이 너무 커서 그랬지 싶다.

내 젊은 시절의 객기(客氣)는 지금보다 훨씬 더 요란했던 것 같다. '철이 덜 났다'는 말 대부분이 이때 나온 것일 게다. 무애(無涯) 양주동 선생의 ≪문주 반생기≫에 나오는 젊은 시절의 호방한 기상을 흠모하여 '나는 언제 저런 호기를 부려보나…' 하고 생리적으로 잘 받지도 않는 술을 퍼 마시고 부랑아처럼 이 골목 저 골목을 쏘다녔다. 강남에서 자라는 귤(橘)나무를 강북에다 옮겨 심으면 탱자가 열린다는 남귤북지(南橘北枳)라는 옛말이 있듯이, 무애 선생의 호기(豪氣)를 흉내를 내면 그것은 호기가 아닌 객기(客氣) 아니면 치기(稚氣)에 지나지 않는다는 것도 깨닫지 못한 이 철 없는 사내….

이것저것 눈에 띄는 것은 다 해보고 싶은 것이 젊은 시절의 특권이다. 고등학교 때는 무용을 배우고 싶어서 무더운 여름 밤 어느 가정집에서 문을 활짝 열어놓고 하는 무용 강습을 한 시간 넘게 훔쳐본 적이 있다. 그때 만약 내가 무용을 배웠더라면 후일 대성(大成)하여 세상을 떠들썩하게 하는 남성 발레리나(ballerina)가 되었을지 누가 알랴!

대학교 때는 대금(大琴)을 배우고 싶어서 당시 비원 앞에 있던 국립국악원을 찾아 갔으나 주머니 사정 때문에 그냥 돌아서고 말았다. 그러나 대금이나 장구를 배우고 싶은 꿈은 오랫동안 내 마음 속에서 떠나질 않았다. 한국 E여자대학교에 있을 때도 장구를 배워볼까 생각했으나 이번에는 경제적 이유보다 시간이 허락하지 않아서 포기하고 말았다.

이제 내 나이 70. 먹고 마시고 노는 것 말고 다른 일에는 별 흥미가 없다. 얼마 전에는 독서클럽을 만들어 책을 읽고 그 책에 대하여 토의를 하자는 제안이 있었다. 설명이 다 끝나기도 전에 '흥미 없음'을 공표해버렸다. 이렇게 첫째 먹고, 둘째 마시고, 셋째 노는 삼락(三樂) 위주의 '퇴폐적'인 생활을 하다 보니 세상일에는 관심이 자꾸 줄어든다. 아침 신문 세 가지를 읽는 데 2시간 걸리던 것이 이제는 1시간으로 줄어들었다.

정력적인 사람들은 '인생은 70부터'란 말을 외치며 새로 배우는 것도 많고 시작하는 일도 많다. 이들 정력이 부러울 때도 있다. 그러나 나는 삼락(三樂) 위주의 생활을 즐긴다. 물 빠지면 가재 나온다. 나이 들면 철도 따라 들겠지.

(2010. 3.)

50년 전 22살

벌써 한 달이 지났다. 어느 모임에 갔더니 웬 낯선 사람 하나가 불쑥 내 나이를 묻기에 나는 "50년 전에 스물 둘이었습니다."라고 공손하게 대답을 했다. 그리고 속으로 "내가 오늘 유머 감각이 넘치는 대답을 했구나."며 스스로 대견하다는 생각을 했다. 사실 '50년 전 스물 둘'은 내가 한 말이 아니요 노산(鷺山) 이은상의 수필 〈청춘 20년기〉에서 훔친 말이다. 이 구절을 처음 봤을 때 퍽 재미있는 말이라 생각되어 마음속에 새겨두었다가 한 번 써먹은 것 뿐.

노산의 고백에 의하면 이 말을 맨 처음 만든 사람은 노산 자신이 아니라 조선 말엽의 대 시인(詩人) 자하(紫霞) 신위라 한다. 그러니 노산은 자하에서 훔치고 나는 노산에서 훔친 것이다. 이야기는 이렇다. 자하가 일흔세 살 때 서울에 사는 어떤 젊고, 영리하고, 아름다운 여성이 그의 서재에 와서 평생 가까이서 모시고 싶다는 청을 해왔다. 이를 부드러운 말로 거절한 자하는 그 여성이 돌아갈 때 시(詩) 한 편을 지어 주었다.

흰모시 적삼에 얼굴도 해맑으이/ 제 진정 하소하며 제비마냥 종알대며/ 내 나이 몇 살이냐 묻지 말아라/ 오십 년 전에 스물 세 살이더이다

(澹掃蛾眉白苧衫 …… 五十年前二十三)

3,4년 전 어느 봄, 동창회 모임이었지 싶다. 공학도 S형이 주위에 앉은 사람들을 둘러보며 "내가 벌써 일흔 둘이요. 일흔 둘."하고 일흔 둘을 누가 강제로 그에게 덮어 씌었는가, 자기가 어떻게 해서 여기까지 왔는지 도통 이해가 안 간다는 듯, 억울하다는 표정을 짓던 것을 옆에서 지켜보던 게 생각난다. 그게 바로 S형의 통곡이었다는 것을 알게 된 것은 그로부터 2,3년이 지나서 내 나이 70에 들어서고 난 후였다. 70대와 60대가 이렇게 다른 것이다.

나이가 일흔 둘이란 말에 무슨 큰 의미가 있는 것은 아니다. 사실 사군자(四君子)나 서예 작품 같은데 노필(老筆)로 70수(叟)니 80도인(道人), 90노옹(老翁) 같은 낙관을 보면 스페인의 첼리스트 카잘스(P.Casals, 1876~1973) 같은 연로한 예술가의 연주를 듣는 것 같이 작품 전체에 노련미랄까 원숙미가 넘치고 중후한 향기를 내뿜는 것 같은 느낌이 들 때가 많다. 그래서 나도 작품에 늙었다는 티를 내서 낙관(落款)에 도인이니 노옹이니 하는 말을 써 볼까 했으나

너무 젊다 싶어 그런 말 대신 처사(處士)니 산인(散人)이니 하는 말만 쓰고 있다. 가끔 사람들이 모인데서 "80가까운 나이에…" 하고 내가 무슨 80고령이나 된 것처럼 허세를 부릴 때가 있는 것을 보면 나도 70을 넘어섰다고 그다지 원통해 하지는 않는 모양이다.

내가 일흔 살이 되던 해에 '70!'이라는 수필을 한 편 쓴 적이 있다. 며칠 전 그 글을 다시 읽어보니 "아, 슬프다. 내가 벌써 70이 되었구나." 하는 탄식보다는 바다낚시에 걸린 물고기가 한동안 이리저리 버둥대다가 기운이 다하면 조용히 끌려오는 것처럼 아직은 의기양양하고 젊음의 오기가 제법 남아 있어 보였다. 아무튼 이제 일흔 둘이 되었으니 저 당나라 시성(詩聖) 두보의 〈곡강(曲江)〉 제4구에 나오는 '인생에 칠십은 옛날에도 드물었네'(人生七十古來稀)의 고희도 넘었으니 살만큼 살았다고 해야 하지 않겠는가. 70을 살건 80, 90, 100을 살건 무슨 상관이랴, 인생이 허무하기는 매한가지인데―.

영조 때 태어나서 철종에 이르기까지 다섯 왕을 거치면서 83세의 장수를 누렸던 산운(山雲) 이양연은 자기 스스로의 죽음을 애도하는 시(詩)에서 다음과 같이 노래하였다.

> 한평생 시름 속을 살아오느라/ 밝은 달은 봐도 봐도 미나쁘더니/ 이젠 길이 길이 대할 것이매/ 무덤 가는 이 길도 해롭지 않으이―.
>
> (人生愁中過 …… 此行未爲惡)

산운(山雲)에게는 그의 자호 '산구름'처럼 평생을 정처없이 떠돌며 가난과 외로움, 슬픔과 눈물로 방황했다. 이런 인생에서 달은 언제나 그의 외로운 벗이었던 것이다.

'50년 전 22살' 때의 내 꿈은 무엇이었을까? 생각이 나질 않는다. 아마도 무전여행을 한답시고 강원도 정선 어느 산골짜기를 헤매고 있었지 싶다. 조선 명종 때 천문학과 의학에 밝았던 선비 북창(北窓) 정렴(鄭磏)은 44세를 채 못 채우고 죽으며 스스로 원망하며 남긴 시구에 "선생의 목숨이 왜 이리 오래뇨(先生之壽 何其長也)"라 탄식했다는데 나도 말 한마디를 남기고 싶은데 무슨 말을 남겨야 하나?

자하(紫霞)에서 시작한 '50년 전 23'이 노산(鷺山)을 거쳐 도천(陶泉)에 이르러 '50년 전 22'이 되었으니 분명 시대를 거스른 행동이다. 앞으로 100년, 200년 세월이 흐르고 나면 시인들은 자하, 노산, 혹은 나를 본받아 '50년 전 30'으로, 또 한참 가다보면 '50년 전 50, 60, 70, … 100, 200'이 나오고 마침내 기저선[baseline]이 오르게 되면 '100년 전에 낳 살'이 될 것이나. 아, 어시럽나.

(2012. 10. 6)

벌집

한국 E여자대학교에 있을 때 은퇴를 하면 어디에서 살까를 저울질 해본 적이 있다. 한국에서 그대로 눌러앉아 사는 것도 생각해 보았으나 캐나다에 돌아와서 살기로 최종 결정을 내렸다. 한국이라는 나라는 나같이 돈 없고, 권력 없고, 배경 없는 사람은 살기가 힘들다는 것을 여러 번 경험했기 때문이다.

은퇴 후에 캐나다로 돌아가서 살 집 하나를 마련해둬야 한다는 생각은 늘 있었으나 거기에 신경을 쓸 시간적 여유도 없고 재정적 뒷받침도 약해서 오늘 내일 미루기만 하다가 2,3년 세월이 흘렀다. 그러다가 은퇴 3년을 앞 둔 해였던가 캐나다를 다니러 올 기회가 갑자기 생겼다.

아내의 대학교 동기동창 K씨의 저녁 초대에 갔다가 우연히, 실로 우연히 K씨로부터 콘도미니엄을 뭉칫돈 없이도 살 수 있다는 이야기를 들었다. 그래서 캐나다에 머문 나머지 이틀 동안 부랴부랴 콘도미니엄을 하나 계약했는데 그게 바로 지금 우리가 살고 있는 방 둘 달린 장난감 같은 집이다. 청소하는데 30분이면 뒤집어쓰고도 남는 부잣집 화장실만한 크기의 벌집—.

지금 살고 있는 벌집을 계약하는 데는 내 나름대로 다음과 같은 몇 가지 이유가 있었다. 첫째 이 벌집 가격이 우리가 감당할 수 있고(영어로 affordable이라고 하던가?) 소위 '개발이 덜된 후진 데'라 그런지 다른데 보다는 훨씬 더 교통이 덜 번거롭다. 콘도미니엄이 일반 주택가 가장자리에 고성(古城)처럼 혼자 우뚝 서 있으니 시골냄새가 물씬 풍기고 사방이 확 트여 시원한 느낌을 주는 것이 마음에 들었다.

둘째, 콘도미니엄 뒤로는 큰 초원이 펼쳐져 있고 그 가장자리로는 숲, 또 그 옆으로는 험버(Humber) 강이 흐른다. 그 강물줄기를 따라 사오십 리 잘 만들어진, 북한 말로 하면 '거닐 길'이 있어서 아침저녁 산책을 할 수 있다. 일곱 여덟 시간을 걸어갈 수 있다고 하는데 처음 이사를 왔을 때는 아내와 끝까지 한 번 걸어가 보자고 약속했으나 한 해 두 해 미루다가 이제는 체력의 한계를 느껴 포기하고 말았다.

셋째 이유는 문화적으로 고상하기 짝이 없다. 즉 우리가 사는 콘도미니엄에서 자동차로 15분만 가면 클라인버그(Kleinburg)라는 작은 마을에 캐나다에서 풍경화로 가장 명성이 높은 '7인의 동아리'(Group of Seven) 회원들의(꼭 일곱 사람만은 아니다.) 그림을 전시하는 맥마이클(McMichael) 미술관이 있다.

우리가 런던에 살 때는 일 년에 한 번은 꼭 아이들을 데리고 온 가족이 맥 마이클 미술관으로 나들이를 왔었다. 이렇게 좋아하는 미술관이 바로 옆에 있으니 이 콘도미니엄에 살게 되면 주말마다 와서 한 바퀴 돌며 그림 구경하고 한적한 클라인버그 시내로 나와 커피도 마시고… 실로 수채화 같은 정갈스런 계획을 세워놨다. 그러나 계획은 어디까지나 계획, 막상 이사를 와서 이 콘도미니엄에 살게 되고 나서 부터는 한 달에 한 번은 커녕, 일 년에 한 번 조차 갈까 말까, 미술관을 무제한 드나들 수 있는 회원권은 한 번도 써본 적이 없이 해를 넘긴 적도 있다.

오늘도 어느 부동산 회사에서 우리가 사는 콘도미니엄 값이 많이 올랐으니 입주자들이 집을 팔기를 원하면 알려달라는 전단(傳單)을 보내왔다. 아내와 나는 아침 커피를 마시면서 다음과 같은 요지의 의견을 주고받았다. 우리가 이제 늙어서 앞으로 살 날이 살아온 날의 몇 분의 일밖에 안 될 터인데 지금 이 나이에 집을 팔아 무얼하노? 아침에 일어나 커튼을 젖히면 저쪽으로 흐르는 험버강 물줄기가 내려다보이고 베란다(veranda) 문을 열면 바람이 잉잉 소리를 내며 지나간다. 지금 집을 팔아 이익을 남기든 못 남기든 우리와 무슨 상관이랴. 겨울이면 휘몰아치는 눈보라, 새잎이 구름처럼 피어나는 연초록의 봄, 창을 때리는 한여름의 소나기, 낙엽 구르는 늦가을의 산책길—. 이 모든 사계절의 변화를 어항에 금붕어보듯 창밖으로 내다볼 수 있다. 뿐이랴, 잠자리에 누워 창밖으로 쟁반만한 보름달을 볼 수 있고, 안개가 짙은 날은 밖에 아무것도 보이는 것이 없어서 마치 우리가 꿈속에서 꼼지락대는 것같은 느낌이 드는 험버우드 가(街) 710번지—.

죽으면 하나님 앞으로 가는 기쁨이 있다고 믿는 사람들도 있지만 나는 천만에, 이렇게 큰 도시의 한 모퉁이 벌집에 살며 대자연의 유유한 변화를 조용히 내다볼 수 있는 이 즐거움을 버리고 가기는 어딜 간단 말인가.

(2012. 12.)

속기(俗氣)

초등학교 2학년 때였던가, 우연히 붓글씨 쓰는 분을 알게 되어 그 때부터 집에서 붓글씨를 배우게 되었다. 내 고향은 경상북도 안동, 그때까지도 내 고향에서 붓글씨를 쓴다는 것은 남자가 가졌으면 좋을 덕목의 하나—. 대학에 다닐 때는 서울로 자리를 옮겨 일중(一中) 김충현 선생의 문하생으로 파고다공원 앞 관철동에 있던 동방연서회 회원이 되어 열심히 글씨를 배웠다.

나는 속으로 "내가 이래 뵈도 글씨는 좀 써 본 놈인데…" 하는 자만심은 하늘에 닿고도 남을 철 없던 시절, 선생님 말씀이 제대로 들릴 리가 없었다. 그런데 하루는 일중 선생이 "글씨에 속기(俗氣)가 있으면 못쓰니 조심하라"는 말씀을 하셨다. 내가 이 말의 의미를 깨달은 것은 그 후 몇 년의 세월이 흐르고 난 뒤였다. 멋이라는 게 뭔지 말로 설명하기는 어려운 것처럼 속기(俗氣)가 뭔가를 설명하기는 퍽 어렵다.

속기(俗氣)란 세속적인 시정(市井) 한복판에나 나돌 약삭빠르고 점잖지 못한, 상스럽고 천한 특성을 가리키는 말이다. 속기가 많은 글씨나 그림을 사람에 비유하면 치졸, 조속, 지저분하고 말과 행동거지에 점잖은 구석이라고는 찾아보기 힘든 사람과 같다. 서울대학교 미술대학 교수로 있다가 월북한 저명한 미술평론가요 수필가인 근원(近園) 김용준은 속기에 대해서 다음과 같이 말했다.

> … 사람에게 품이 있고 없는 사람이 있는 것과 같이 그림에도 화격이 높고 낮은 그림이 있다는 것이다. 복잡한 곳을 곧잘 묘사하였다고 격 높은 그림이 될 수 없는 것이요, 실물과 똑같이 그려졌다거나 수법이 훌륭하거나 색채가 비상히 조화된다거나 구상이 웅대하거나 필력이 장하거나 해서 화격이 높이 평가되는 것도 아니다. …

속기(俗氣)는 나이, 글씨를 쓴 햇수, 학벌과도 별 상관이 없다는 사실이 자못 신기하다. 아무리 글씨가 달필(達筆)이요 능(能)해 보여도 속기는 그대로 있나는 말. 어느 화가가 더러운 똥을 그렸다 해서 그 화가의 그림이 더러운 것은 아닌 것처럼 그림의 대상도 속기와는 아무 관계가 없다.

속기는 마음의 풍요로움과 관계가 있다. 한국의 저명한 피아니스트 한 분이 젊은 시절에 수학(修學)목적으로 음악의 명문 줄리어드(Juilliard)에 갔을 때 그를 지도하던 교수는 늘 "피아노를 손가락으로 치려들지 말아라. 요가, 명상, 무용, 시(詩) 감상 같은 것을 해서 네 가슴을 따뜻하게 데워라."고 권하시더란 회고담을 들은 적이 있다. 피아노 같은 기악이든, 그림이든, 서예든 모든 예술은 손끝으로 하는 게 아니라 가슴으로 한다. 이 모두가 마음을 풍요롭게 하면 예술의 격이 높아진다는 말일 게다.

"글씨를 잘 쓰자면 사람부터 바로 되어야 한다."는 사람됨과 작품을 연결 짓는 말은 귀가 따갑도록 듣는 말이다. 마치 아름다운 마음을 가진 사람만이 시(詩)를 쓸 수 있다는 말과 같이—. 그러나 나는 이 말을 곧이곧대로 받아들이지 않는다. 인격=작품을 강조하는 주장은 언뜻 들으면 수긍이 가는 말이지만 조금만 더 깊이 살펴보면 이 주장에 회의가 가지 않을 수 없다. 이름을 날리는 예술가들 중에서 윤리 도덕면에서는 남의 손가락질을 받아 마땅한 저질스런 삶을 이어가는 사람들이 한 둘인가. 물론 이들 이름을 날리는 예술가들 중에서 그들이 대가(大家)로 불리고 난 뒤부터 저질스런 생활을 시작한 사람도 있겠지만—.

격이란 어디까지나 작품이 풍기고 있는 정신적인 내면세계를 말하는 것이니 보통사람의 눈에는 잘 잡히지 않는다. 일필휘지(一筆揮之) 능한 달필로 휘갈겨서 보통사람의 눈에는 기운차고 뛰어난 글씨로 보이지만 기실 온통 속기 투성이인 경우가 많다. 그러나 세상을 떠들썩하게 하는 걸작, 이를테면 반 고흐(Vincent van Gogh)의 〈별이 빛나는 밤(Starry Night)〉이나 대원군이 친 난초에서 뿜어 나오는 그 맑고 강렬한 기운이 예술에서는 문외한들에게도 전류처럼 감전되는 경우가 있지 않는가. 옛날 이발소 벽에 걸려있는 그림을 보고 이런 느낌을 갖기는 어렵다. 그림의 격(格)이 달라서 그런 것이다.

지도해 주는 사람 없이 혼자 연습만 한다는 것은 속기를 향한 지름길로 달려가는 것과 마찬가지다. 10년 동안 산 속에 들어가서 혼자 썼다는 사람의 글씨를 상상해보라. 이런 서예를 정도(正道)를 걸어온 서예라고 할 수 있을까. 좋은 지도는 물론이고 자기 작품에 대한 비평도 받아보고, 남의 작품도 감상할 기회가 있어야 한다. 예술은 교제요 소통이다.

한국에 가 있는 동안 서예전시회를 대여섯 군데 가 보았다. 전시회장이나 작품의 화려함에는 옛날의 그것과는 비교가 안 된다. 내 초라한 서예 경력에 외람된 생각인지는 몰라도 글씨의 정도(正道)를 밟아온 사람의 작품은 무척 드물다는 생각이 들었다. 대부분이 자기의 특유한, 그야말로 자기만의 특유 서법(書法) 창시자가 되었구나 생각하니 쓴 웃음이 나오는 것은 어찌할 수 없었다.

(2012. 2.)

관수유거(觀水幽居)

한국에 있는 조카에게서 전화가 왔다. 내 생가 역동(易東) 집에 사자성어(四字成語) 현판을 하나 걸어놓으려고 하는데 우선 붓글씨로 네 글자만 써주면 각(刻)을 부탁할 작정이니 빨리 보내달라는 것이다.

무슨 내용을 어떤 체로 쓸까? 글씨를 쓸 내용에 대해서 맨 처음 후보로 떠오른 것은 아버님의 아호를 딴 북계고택(北溪古宅) 네 글자를 행서(行書)로 쓰는 것이었다. 그러나 고택이란 말을 쓰기에는 연조(年條)가 그리 오래지 않다는 치명적인 약점이 있어서 북계고택은 일찌감치 물 건너가고 말았다.

두 번째 후보는 낙동풍류(洛東風流). 역동집이 낙동강가에서 천천히 걸어도 3,4분밖에 안 걸리는 언덕배기에 자리 잡은 데다가 그 강물을 퍼다가 여과도 없이 그대로 마시고 살았으니 우리 식구들의 삶은 365일 내내 강과 얽혀 있었다. 사계절 중 여름은 강가에 사는 학동(學童)들에게는 천국의 계절. 날씨가 무더운 날이면 우리는 아침부터 강에 나가서 해가 질 때까지 물속에 들어갔다 나왔다, 지치면 강가 솔밭에 있는 평상에 누워 놀다가 과일도 먹고, 노래도 목청껏 부르며, 숙제도 하고, 낮잠도 자곤 했다. 인정의 각박함도, 세상 근심 걱정도 모르던 시절—.

이 모든 회억(回憶)의 실타래를 쓸어 담은 것이 '낙동풍류(洛東風流)' 네 글자다. 그러나 아내의 말이 낙동풍류는 어딘지 고급 요정 같은 인상을 준다고 하기에 애석한 마음으로 뒤로 넘겨 버렸다. 마지막 후보로 떠오른 것은 관수유거(觀水幽居), 문자 그대로 '물을 보며 그윽하게 산다'는 말이다.

내 생가 역동(易東) 집은 고려 말 역경(易經)을 우리나라에 처음 소개한 학자라고 해서 세상 사람들이 애칭 별명으로 부르던 역동(易東) 선생 우탁을 숭모하여 퇴계(退溪) 이황이 건립한 역동서원이 있던 자리다. 우리 집에서 강가를 따라 2,30분만 가면 퇴계가 시(詩) 쓰고 강론하던 도산서원에 이른다. 퇴계는 역동서원을 지이놓고 난 후 기끔 와시 선비들을 모이놓고 심경 강의를 했다는 기록이 있다.

역동서원은 대원군 서원 철폐령 때 훼철(毁撤)되고 그 유허지에 역동집이 들어섰다. 서원이나 향교가 헐린 자리에 어떻게 해서 민간집이 들어설 수 있었을까? 추측으로는 나의 고조부 형제 중 한 분이 퇴계 종갓집으로 양자를 갔는데 자기 친동생이 퇴계의 11대

종손이라는 사실과 배경에 기세등등, 시쳇말로 하면 박정희 배경을 믿고 화드득대는 차지철 마냥 힘으로 밀어붙여서 서원 자리에다 역동집을 짓게 되었지싶다.

좌우간 이렇게 들어선 역동집은 풍수의 말이 집 사랑채에서 강물이 훤하게 보이지 않게만 하면 자손들이 잘 된다고 하여 집 주위로 수백 그루가 넘는 소나무를 심었다. 세월이 흘러 소나무들이 어느덧 노송(老松)이 되고, 노송에 둘러싸인 고 기와집, 솔밭 위로는 삶의 터전을 위해 스스로 찾아온 수백 마리의 눈같이 하얀 색의 새(우리는 백학이라고 부른다), 바로 그 옆으로 옥(玉)같이 흐르는 맑은 강물—. 이 네 가지가 서로 어울려 천하선경(天下仙景)을 이루어 냈다. 자손에 좋을 것이라던 가세(家勢)는 점점 기울고 또 기울어 결국 천하선경의 가장 큰 몫을 맡았던 노송들은 톱과 도끼의 세례를 받고는 자동차에 실려 가고, 황새들도 보금자리를 찾아 떠났다.

솔밭이 없어진 것만 해도 풍광의 반은 잃어 버렸는데 강 아래쪽 안동에 댐(dam) 건설로 우리 집은 물속에 잠길 운명에 놓이게 되었다. 그러나 다행히 역동집은 문화재로 지정되어 전국 어디든지 그대로 옮겨준다는 정부로부터 제안이 왔다. 정부 말을 못 믿으시는 선친께서는 "집은 우리 힘으로 옮긴다"며 가옥 이전(移轉) 명단에 올라있는 것을 스스로 취소해 버렸다. 문화재 가옥 이전(移轉)에 대한 개념이 없던 시절의 비극이었다.

우리 힘으로 옮겨짓는다는 것도 말이 쉽지, 먹고 살기도 힘든

판에 사람이 살지도 않는 집을 옮겨 짓기 위해 적지 않은 돈을 쏟아 붓는다는 것은 그리 쉬운 일은 아니다. 몇 몇 해를 두고 미루고 또 미루다가 큰 형수님과 작은 형님의 생전 역동집에 대한 일심 향념과 열정으로 겨우 옛날 집을 옮겨지었다. 그러나 역동집 옛 풍광은 어디서도 찾아볼 수 없는 폐허가 되어버렸다. 집은 돌보기가 점점 힘들어지자 그 궁여지책으로 생각해낸 것이 전에 스스로 거부하였던 문화재 등록을 다시 신청하는 것이었다. 지금 역동집은 하루 종일 찾아오는 사람 하나 없이 폐허나 다름없는 집 앞에 문화재임을 알리는 표지판만 쓸쓸히 서서 비바람을 맞고 있다.

지금 우리가 살고 있는 콘도미니엄 아래 저쪽으로 험버강(Humber river) 물줄기가 훤히 내다보인다. 크기에 있어서나 물이 맑은 정도에 있어서 낙동강과는 비교가 안 되는 개천에 지나지 않는 험버 강. 그 강물을 우두커니 내려다보고 있노라면 어렸을 때 낙동강가에서 벌거벗고 지냈던 하동(河童) 시절이 떠오른다. 그러니 나의 '관수유거(觀水幽居)'는 캐나다 험버 강에 어린 내 소년 시절의 낙동강인 셈이다.

(2012. 4.)

나의 미술작품 감상

지난 10월에는 토론토에서 2개의 전시회가 열렸다. 하나는 온타리오 주 한인미술협회 연례 전시회였고 또 하나는 서예가 L씨가 주선한 한·중·일 세 나라의 국제 서예전이었다. 미술 전시장에 나갔더니 한국일보 K사장이 지나가는 말로 앞에 나가서 한 마디 하겠느냐고 하기에 사양했다. 그 사양은 내 겸양에서 온 것이라기보다는 자신감의 부족 때문이란게 더 솔직한 말일 것이다. 그러나 며칠 후에 열린 서예전시회에서는 L씨의 요청으로 간단한 축사를 하고 돌아왔다.

한국에 살던 대학시절에는 해마다 10월이 오면 경복궁에서 열리는 국전(국립미술전시회)에 갔다. 서예실은 물론, 그 옆방의 서양화, 동양화 전시실도 유학길에 오르기 전까지는 부지런히 둘러보곤 했다. 그러나 아무리 미술작품은 이론으로 감상하는 것이 아니라지만 어떤 작품이 좋은 것인지는 서양화, 특히 추상화와 조각 부분에서는 전혀 감이 잡히지 않았다. 그 현상은 지금도 그렇다.

미술은 무엇인가? 미술(美術)은 말하자면 먼저 미(美)가 무엇인지 밝혀야 하고, 미(美)가 무엇인지 설명하자면 미학(美學)을 먼저 설명해야 된다는데 미학은 철학에 속하는 학문 분야—, 나 같은 사람이 그것을 설명할 실력은 없다. 그러나 다행히도 미술작품을 감상하는 데는 미술이니 미(美), 미학 따위에 반드시 깊은 소양이 있어야 하는 것은 아닌 것 같다.

서예건 동양화, 서양화건 감사의 제1단계는 직관(直觀) 혹은 직각(直覺)이다. 작품을 처음 봤을 때 들어오는 첫 인상, 즉 직감(直感)으로 음미하는 것이다. 예술 작품을 감사하는데 가장 쉽고 간단한 것이 직관이지만 그렇다고 그것이 그리 쉽게 오는 것은 아니다. 보고 또 보고, 또 봐서 예술 작품을 만든 작가의 정신이 내 마음과 서로 통할 때 비로소 그 작품의 아름다움을 느낄 수 있는 것이다. 눈앞에 장엄하게 펼쳐진 대 자연의 파노라마를 보고 '와!' 하는 감탄사가 자기도 모르게 튀어나오는, 다시 말하면 마음에 감동을 일으키는 것이 곧 미술 감상이란 말이다.

직감으로 작품 감상하는 힘을 기른다고 〈세계 명화 전집〉을 갖다놓고 처음부터 끝까지 수백 페이지를 훑었다 해도 미술 작품 감상에 필요한 직관력이 단박에 불어나는 것은 아니다. 그것은 하루 이틀이 아니라 수십 년이 걸리는 생활환경 속에서 세월이 가며 이끼처럼 달라붙는 것.

그런데 미술은 언제부터 있었을까? 옛날 동굴 벽화에서 고래, 사슴, 호랑이, 물고기 등의 벽화가 있었으니 그 원시인 시대에도 벌써 미술행위는 있었다는 말이다. 그러니 미술은 인간이 먹고 사는 문제가 해결되고 난 다음 여가(餘暇)에 자연스럽게 창작 욕구의 발현으로 일어난 활동이라는 주장에 수긍이 가질 않는다. 미술교수요 수필가인 김용준은 미술은 인간의 제2차 본능이라 하지 않았던가.

미(美)는 곳곳에 흩어져 있다. 이 세상에 존재하는 거의 모든 것은 미술가의 순수한 감정을 거쳐 하나의 작품으로 나타날 때는 무엇이든 미(美)가 된다. 길가에 흘린 개[犬]똥을 그림 소재로 그렸다 해서 그 그림이 더러운 것은 아니다. 화가의 순수한 예술적 감정을 거쳐 나온 것은 모두 예술품이 된다.

화가들 중에는 이론적인 점을 들어 작품을 말하기를 좋아하는 사람들이 많다. 소위 말하는 제2단계의 분석적 감상이라 할까. 그림의 구도(構圖), 선(線), 색감, 소재, 공간 처리, 묘사 실력 등에 대한 것을 해부하듯 하나하나 뜯어보는 방법이다. 나는 미술 전문가가 아니기 때문에 이런 분석적 방법에는 거의 의존하지 않는다. 내 생각으로 이런 것들에 지나치게 집중하다 보면 이론이 화가 자신의 자기 주장을 합리화하는 수단이 되고 말지 싶다. 예술작품은 그것을 감상하는 사람들을 흥분시킬 수 있으면, 다른 말로 하면 마음의 감동을 줄 수 있으면 일단 작품으로서는 성공했다고 볼 수 있다. 보는 이의 마음을 움직이지 못하는 예술 작품은 아무리 그것이 이론적으로 완벽하고 흠잡을 데가 없다하더라도, 실패한 작품이나 다름 없다.

우리의 마음을 지고지순한 경지로 끌어 올리는 것은 예술밖에는 없다고 해도 큰 과장은 아닐 게다. 나는 전시회에 가면 작품을 앞에 두고 다음과 같은 나만의 기이(奇異)한 감상법을 실험해 볼 때가 있다. 즉 이 지구상에 있는 모든 예술가들, 이를테면 미술가, 음악가, 조각가, … 시인들이 모두 같은 날, 같은 시각에 사라져 버렸다고 상상해 본다. 그러면 세상은 빛이라곤 한 줄기도 없는 어둠 속, 지옥이 바로 이런 데가 아닐까? 이런 공상을 하면서 지금 내 앞에 있는 미술 작품을 만든 작가의 예술적 정신과 내 정신이 서로 만난다는 착각에 빠진다. 그 결과 그림에 대한 나의 감동은 더 커지고—. 내가 갖다 붙인 이름은 '초(招) 공상(空想) 미술 감상법'이다. 내가 그러니 다른 사람들도 그렇겠지—.

(2012. 11.)

수박 도둑

하루는 토론토에서 발간되는 신문을 뒤적이다가 호텔스 닷컴이라는 데서 세계 28개국 여행객 8,600명을 대상으로 호텔의 목욕수건이나 재떨이, 다리미, 책 같은 물건을 몰래 가져온 적이 있는지 여부에 대한 설문조사 결과를 보고한 기사가 눈에 띄었다. 결과를 나라별로 보면 덴마크와 네덜란드 사람들의 88.7%가 "아무 것도 집어 온 것이 없다"로 답해서 가장 양심적인 고객으로, 노르웨이, 핀란드 같은 북유럽 사람들은 84%로 상위권에 머물렀다. 캐나다는 어떨까? 불란서계 캐나다 사람들은 81%로 영국계의 70%보다 11%가 더 높았다. 불란서계 캐나다 사람들이 더 양심적이란 말이다. 최하위를 장식한 나라는 멕시코와 콜럼비아로 각각 60%와 43%였다.

설문조사란 어디까지나 설문에 응답한 사람들이 생각하기에 그렇단 말이지 실제 행동이 그렇단 말은 아니다. 어쨌든 호텔 물건을 주인 허락도 없이 슬쩍하는 것은 가게에서 물건을 훔치는 것과 다를 게 없다. 구태여 다른 것이 있다면 가게에는 감시하는 사람이 있으나 호텔은 감시하는 사람이 없는 차이라고나 할까.

캐나다에 유학을 와서 처음 맞이한 1967년 여름방학 때 몬트리올에서 열린 엑스포67 박람회장에 있는 어느 자그마한 한국기념품 가게에서 점원으로 일한 적이 있었다. 파는 상품은 젓가락, 전통담뱃대, 재떨이, 한국인형, 태극기가 그려진 볼펜 등이었다. 그 때 박람회장 주위에 손버릇 나쁜 사람들이 많아서 여러 가게에서 손실이 크다는 말이 떠돌았다. 하루는 몬트리올에서 발간되는 일간지 〈가젤(Gazette)〉 기자 한 사람이 나를 찾아왔다. 그가 내게 물어온 말은 "한국에도 가게에서 물건을 훔쳐가는 사람들이 있느냐? 있으면 캐나다와 어떤 차이가 있느냐?"는 것이었다. 한국을 떠난 지가 일 년이 안 되던 때라 애국심이 부글부글 끓어 넘치던 이 젊은 우국지사의 대답 : "한국에도 가게에서 물건을 집어가는 사람은 있다. 한국에서는 도둑과 도둑 아닌 사람들 간에 차이가 있어서 도둑이 아닌 사람은 들킬 염려가 없어도 남의 물건에는 손을 대지 않는다. 그러나 캐나다에서는 교육을 많이 받고, 보기에 점잖은 사람도 일단 기회가 생기면 도둑으로 변한다…" 캐나다 사람들은 누구나 잠깐 사이에 도둑으로 변할 수 있다는 말이다. 이튿날 몬트리올 신문에는 나의 인터뷰 내용이 꽤 큼지막하게 지면을 차지하였다.

그런데 그 날 내가 한 말은 아무 근거가 없는 허무맹랑하기 짝이 없는 말이었다. 캐나다 생활이라고는 10개월밖에 안 되는, 그것도 대학교 안에서만 왔다갔다 한 우물한 개구리, 내가 교육을 많이 받은 사람들을 본 것이라고는 당시 밴쿠버에 살던 몇몇 사람뿐이지 않는가. 교육받고 점잖아 보이는 사람들이 나쁜 짓을 하는 것을 본 적은 한 번도 없다. 온 세상 인종들이 북적대는 박람회 기념품 가게에서 물건을 훔쳐가는 사람들이 캐나다 사람들이라는 증거는 도대체 어디 있는가? 주장을 뒷받침할만한 근거도 없으면서 마구 너스레를 떨었으니 나의 무식과 용맹이 이보다 더 할 수가 있을까?

법에 어긋나는 일을 수없이 저지르고도 장관후보로 지명되어 청문회 자리에 불려 나온 어느 더러운 지명자처럼 좀도둑질에 관한한 나 자신도 이로부터 자유로울 수는 없는 사람이다.

어린 시절, 무더운 여름밤이면 낙동강 모래밭에 누워 놀다가 강 건너 들판에 있는 땅콩, 참외, 수박 밭에 몰래 기어들어가 도둑질하던 전과(前科)가 있는 사람이 아닌가. 아무리 참외 몇 개 훔쳐 먹는데 그치는 장난이라 해도 도둑질은 도둑질. 남의 외·수박을 몰래 실례하는 것과 호텔 목욕수건을 집어오는 것과 무슨 차이가 있는가. 아무리 젊은 시절의 장난에 지나지 않는다 해도 남의 농작물을 해치고 다니던 수박 도둑이 "캐나다 사람들은 기회만 있으면 도둑이 된다"고 했으니… 지금 생각해도 얼굴이 붉어진다.

호텔 물건을 집어가지 않는다고 진술한 덴마크나 네덜란드 사람들은 정말 그럴까? 말과 행동이 서로 일치하지 않는다는 것은 너무나 잘 알려진 사실. 그 둘이 서로 일치하지 않는 정도는 특성에 따라 다르게 나타난다. 키나 체중, 허리둘레 같은 물리적 특성에서는 자기 진술과 실제의 일치 정도가 크다. 그러나 물건을 훔쳤느냐 아니냐 같은 정직성이나 책임감 같은 추상적이고 도덕적 비중이 무거운 특성에서는 말과 행동 간의 일치도는 낮아지는 것이다.

이 세상에 목숨을 가지고 태어난 사람은 누구나 자기 자신을 긍정적으로, 좋고 아름답게 포장하려는 버릇이 있다. 그렇다면 덴마크나 네덜란드 사람들도 자기들이 말하는 정도 보다는 더 자주 호텔 물건을 집어갈지도 모른다는 생각이 든다.

(2013. 4.)

대중음악

올 2012년 슈퍼볼(Super Bowl)이라 불리는 1967년에 시작된 프로 미식축구의 왕자 결정전은 보스턴과 뉴욕 두 도시에 있는 팀들 간의 대결이었다. 슈퍼볼은 문자 그대로 미국 사람들의 눈과 귀를 두 세 시간 동안 하나로 묶어두는 초대형 경기. 나는 40년 이상 미식축구를 봐왔기 때문에 6만, 8만, 어떤 때는 10만이 넘는 관중이 그 큰 경기장을 가득 메운 모양만 봐도 마음이 즐겁고 설렌다. 물론 경기가 시작되기 전에 약간의 행사가 있고 가수가 나와서 미국 국가(national anthem)를 부른다. 6만, 8만, 10만 관중 앞에서 애국가를 부르는 가수에게는 그야말로 가문의 영광일 게다.

그런데 한 가지 재미있는 것은 그 노래를 부르는 가수는 미국에서 첫째 둘째 가는 테너나 바리톤이 아니요 엘튼 존(Elton John)같은 대중가요 가수들이다. 우리나라 같으면 김원영이나 송창식 같은 가수랄까. 노래를 부르는 스타일도 제멋대로, 어떤 가수들은 애국가를 부르는 꼴이 정말 가관이다.

미국 국가가 어떤 노래인가 뒤져봤더니 퍽 재미있는 이야기가 나왔다. 노랫말을 지은 사람은 1814년 미국군 요새가 영국군에 의해서 무너져 내리는 광경을 보고 애국심이 발동, 시(詩)를 쓴 35살의 변호사이자 아마추어 시인 키(F.Key)라는 사람. 그가 쓴 시에다가 전부터 미국 사람들에게 잘 알려져 내려오던 곡조, 즉 영국 런던에 있는 어느 술 마시는 사교클럽을 위해서 스미스(J.Smith)라는 사람이 작곡한 노래(〈To Anacreon in Heaven〉)의 멜로디를 갖다 붙인 것이라는 이야기. 1931년 3월 미국국회의 승인을 얻어 미국 국가로 승인되었다.

한 나라의 국가(國歌)를 다른 나라 사교클럽을 위해 작곡한 노래의 멜로디로 지정했다는 사실 그 자체가 우리로서는 선뜻 이해가 안가는 일이다. 형식과 겉모양새를 중시하는 유교전통의 대한민국 같은 나라에서는 도저히 상상도 할 수 없는 일. 당대 어느 최고의 작곡가에게 위탁했을 것이다.

우리는 클래식과 대중음악을 철저히 구별한다. 클래식은 교육정도가 비교적 높은 사람들이, 대중음악은 교육정도가 낮고 못배운 사람들이 한다고 생각한다. 음악은 소리를 재료로 하여 박자(리듬), 화성, 선율을 정해진 규칙에 따라 교묘하게 조합해서 감정을 나타내는 예술인데(물론 서양음악 기준으로 그렇단 말이다.) 대중음악은 이 세 가지에 대해서 소양과 이해가 별로 없어도 할 수 있는 쉬운 것이라고 생각한다. 〈우리 음악 어디에 있나〉라는 좋은 책을 쓴 이동식 님의 말을 빌리면 한 마디로 클래식은 양반음악, 대중음악은 상놈음악이라는 것.

그런데 누구나 다음과 같은 재미있는 현상을 경험했을 것이다. 가라오케 노래 연습장 같은 델 가면 클래식 성악은 거의 힘을 못 쓰고 대중가요가 판을 친다는 것을—. 합창단 단원이라고 은근히 뽐내던 사람, 성가대 단원, 슈베르트(F.Schubert)나 어느 오페라의 아리아 구절을 흥얼거리고 다니던 사람, 이미자나 조용필 얘기만 나오면 고개를 돌리던 사람들도 "내가 언제 그랬느냐"는 듯이 신나게 뽕짝을 불러댄다. 〈만남〉은 물론 〈소양강 처녀〉 〈사랑의 미로〉 〈굳세어라 금순아〉 〈마포종점〉도 나온다. 상놈음악이 양반음악을 짓뭉개고 있는 것이다.

이동식 님의 지적대로 미술은 서양화—동양화라고 하더니 요새는 서양화—한국화라고 까지 하며 우리 소리를 어느 정도 내고 있다. 그러나 음악은 그렇지를 않다. 서양음악—한국음악도 아니고, 음악—전통음악(혹은 국악)이란 말을 쓴다. 음악=서양음악이란 말이다. 그런데 나는 중고등학교까지 통틀어 6년 간이나 음악시간이 있었지만 음악시간에 전통음악이란 말을 들어 본 적도, 배워 본 적도 없다. 〈아리랑〉 〈노들강변〉 〈도라지〉 같은 것은 전통음악에 포함될 것 같은 노래들인데 음악시간에 배운 것은 한 번도 없다. 참으로 헛되고 위선적인 음악교육의 환경 속에서 6년을 묵묵히 견뎌냈다.

박찬호 님이 펴낸 두툼한 책 두 권 〈대중가요사〉를 보니 우리가곡 〈봉선화〉를 작곡한 홍난파 선생도 〈마도로스의 노래〉 〈여인의 호소〉라는 대중가요 두 곡을 작곡했다고 적혀있다. 처음 듣는 이야기다. 하기야 그 당시 여명기는 예술음악과 대중음악의 벽이 오늘처럼 높지 않을 때―. 이 둘 사이에 틈이 벌어지기 시작한 것은 1960년대를 들어서면서 부터였다고 대중가요사 전문가들은 말한다.

어느 책을 보니 한국음반 판매 상점에 가면 75%가 국내가요, 20%가 팝뮤직, 5%가 클래식이라고 적혀있다. 클래식 음악을 좋아하는 사람들이 음반회사의 시중 판매처럼 음악 인구의 5%가 되는지 아닌지 나는 모른다. 요즈음 들어 젊은 세대들이 클래식 공연에 잘 가지 않는 것은 세계적 현상이다. 한국의 어느 유명 관현악단 단장을 지낸 H씨가 꺼낸 "아무리 유명한 클래식 음악 단체라도 그들의 전통적 보수적 음악을 약간 누그러뜨리지 않고는 젊은이들을 끌어들이기는 점점 더 어려워질 것이다."는 말이 생각난다.

감동을 준다는 점에 있어서 클래식 음악과 대중가요 사이에 약간의 차이가 있다는 것은 사실이다. 그것은 자극 자체의 차이에서 오는 감동이라기 보다는 청각 자극의 인지적 등록 여하에서 오는 것일 때가 더 많지 않을까. 대중음악은 클래식에 비해 접할 수 있는 때와 장소가 훨씬 더 많다는 사실이 대중음악을 상놈으로 내 몬 여러 이유 중의 하나도 되지 싶다. 음악이 예술이라면 대중음악도 예술. 대중음악이 고상하지 못하다면 예술도 고상한 예술이 있고 고상하지 못한 예술도 있다는 말이다. 그렇다면 예술이란 무엇인가를 다시 한 번 생각해보지 않을 수 없다.

(2012. 2.)

나는 컴맹이다

중국 사람이 한시(漢詩)를 모르면 중국 사람이 아니요, 일본사람이 하이구(俳句)를 모르면 일본사람이 아니라는 말이 있다. 우리나라에서는 뭘까? 우리 옛시조가 아닐까 생각된다.

우리는 고려 말부터 조선왕조를 거치면서 수 천 수(首)가 넘는 시조(時調)가 쌓였다. 그러나 우리는 그들을 좀처럼 애송하지 않는다. 크나큰 문화유산에 대한 홀대다. 몇 년 전 내가 〈세월에 시성을 싣고〉라는 시조 감상 책을 펴냈을 때 대학 동창 하나가 "너는 요새 유행하는 것은 않고 왜 그리 고리타분한 것에만 열심이냐?"며 불만이 가득한 표정으로 말을 걸어왔다.

그 친구가 말하는 요새 유행하는 것이란 컴퓨터와 영상미디어, 그래픽 디자인 같은 것을 말한다. 맞는 말이다. 나는 오늘까지 컴퓨터를 쓰지 않는다. 요새 점점 들어보기 어려운 말, 즉 컴맹이다. 컴퓨터를 쓴대야 내게 오는 전자우편이나 받아보는 정도. 그 외 다른 것, 이를테면 편지를 보낸다거나 문헌조사 같은 것은 하지 않는다. 오늘날 컴퓨터를 모른다는 것은 문화적으로 태곳적 동굴생활을 하고 있다는 말이다.

컴퓨터는 고사하고 나는 스마트폰이니 디지털 카메라 같은 첨단 문명의 이기(利器)와는 인연이 없는 모양이다. 예로, 컴퓨터를 통해서 온 편지를 받으면(내게 편지를 보낸 여러분에게는 대단히 죄송스런 말이지만) 무슨 공지 사항을 알리는 홍보물을 받는 기분이 든다. 편지에는 보낸 이의 땀과 숨결을 느낄 수 있어야 하는데 이런 것들을 전자우편에서는 찾아 볼 수가 없기 때문이다. 고리타분한 것에만 열심이라는 것은 내가 옛시조를 감상하는 책을 썼다는 이유다. 우리는 호머(Homer)의 서사시 〈오디세이(Odyssey)〉나 셰익스피어(Shakespeare)의 비극 〈맥베스(Macbeth)〉 각본을 읽을 때는 고리타분한 짓을 한다기보다는 '고전 탐구'니 '명작 섭렵' 따위의 고상한 말로 포장하지 않는가.

텔레비전도 흑백을 보다가 남들보다 이삼십 년은 뒤늦게 들여놓았다. 뉴욕에 살던 친구가 한국으로 이사를 가게 되었다며 주고 간 스테레오(stereo)다. 음반을 조용히 두 손으로 잡아서 제자리에 앉히고 바늘을 갖다 대면 음반이 돌아가며 소리가 나오는 것이 요새 유행하는 CD 음악의 2배, 3배는 노래 듣는 기분이 난다. 내게 있어서 음악은 분위기다. 이런 사례를 살펴보면 분명 나는 정신적으로 중세기 사람이다.

나의 이런 성향은 도대체 어디서 온 것일까? 나도 모른다. 현대 심리학도 이에 대한 시원한 답을 내놓을 만한 수준은 못된다. 고려 때 임금이 난리를 피해 도망 와서 숨었던 심심산골, 보이는 것이라곤 산과 계곡, 강줄기 밖에 없는데서 어린 시절을 보낸 나 같은 사람이 고리타분한 것을 좋아하는 성향을 가졌다는 것은 너무나 당연한 것이 아니겠는가. 그런데 어릴 적 시절을 시골에서 보냈기 때문에 최첨단 문명의 이기를 회피하게 되었다는 요지의 이론은 허점이 너무 많다. 하나의 예로, 두메산골에서 어린 시절을 보낸 사람이 한 둘인가. 이런 배경을 가지고 자랐어도 대부분 사람들은 시골티를 말끔히 벗어버리고 모든 면에서 최신을 좋아하는데 나만 왜 이렇게 제자리걸음인가는 설명되지 않고 있다.

위의 의심은 곧 "왜 이 사람은 이것을 좋아하고, 저 사람은 저것을 좋아할까?" 하는 문제로 연결된다. 이 문제에 대한 답은 나도 모른다. 몇 십 년 전에 하버드 대학의 교수 로(A. Roe)라는 사람이 "왜 어떤 이는 철학이나 역사학 같은 문과(文科)에 흥미를 갖고, 어떤 이는 물리학이나 지질학 같은 이과(理科)에 흥미를 갖는가?" 라는 직업 흥미의 기원에 대해 발표한 논문을 읽은 적이 있다. 그 후부터 지금까지 흥미의 기원에 관한 두드러진 학설은 없는 것으로 안다. 인간의 집단행동에 대한 설명도 잘 못하는 수준인데 이동렬이라는 한 개인이 왜 복고적인 성향을 가지게 되었는가를 설명하기는 더욱더 어렵다.

무속인(巫俗人)들에게 어쩌다가 무속인이 되었느냐고 물으면 가장 자주 나오는 대답이 "신(神)의 내림을 받아서 무속인이 되었다."는 것이다. 하늘의 부르심, 즉 소명(召命)이 있어서 그렇게 되었다는 말이다. 앞으로는 나도 왜 그리 고리타분한 것을 좋아하느냐고 물어오면 구구한 설명을 늘어놓기 보다는 무속인을 닮아 신이 들려서 그렇게 되었다면 더 간단명료한 대답이 되지 않을까?

조선 제22대 임금 정조는 아버지 사도 세자가 당쟁에 휘말려 억울하게 죽었다. 아들 정조가 천신만고 끝에 왕좌에 올라 등극 첫 마디가 "나는 사도세자의 아들이다"하는 외침이었다 한다. 자기 아버지를 뒤주 속에 넣고 굶겨 죽인 무리들에 대한 보복을 선언한 것이다. 나는 정조 같은 원(怨)도 한(恨)도 없다. 그러나 나도 다짐을 새롭게 한다는 의미에서 정조를 본따 크게 외쳐본다.

"나는 컴맹이다!"

(2012. 9.)

점심 내기

2012년 런던 올림픽 폐막식을 일주일 앞둔 어느 한가한 날이었다. 10층에 사는 H형, 우리 동네에 살다가 M시로 이사를 간 C형 그리고 이웃동네에서 놀러온 S형. 이렇게 네 집이 점심을 한 적이 있다. 물주(物主)는 H형. 그 자리에서 세 밤만 자면 있을 한국과 일본의 올림픽 동메달을 놓고 벌어질 시합은 누가 이길 것인가에 대한 의견교환이 있었다. H형과 나는 일본을, C형과 S형은 한국의 승리를 점쳐서 예측은 2:2로 갈라졌다. 이런 일에는 하루종일 시비해도 결론이 나지 않는 법. 점심내기로 가는 수밖에 없다. 나는 의견이 엇갈릴 때는 냉면 한 그릇 내기로 처리하는 저속한 버릇이 있다. 지금까지의 나의 승률은 7전 6승 1패. 비교적 높은 승률을 은근히 뽐내고 있던 차였다.

나는 일본의 승리를 꺼내는 바람에 억지 춘향격으로 매국노가,

C형과 S형은 한국의 승리를 예언함으로써 애국지사가 되고 말았다. 냉면 한 그릇 때문에 적과 동침을 해야 하는 비극—. 언젠가 어느 영화에서 본 장면 “부모를 따르자니 사랑이 울고, 사랑을 따르자니 부모가 우는” 꼴이 됐다. 애국심으로 국산 자동차를 살까, 아니면 이기심(利己心)으로 외국 차를 살까 고민하는 갈등 상황과 비슷하다.

애국 얘기가 나왔으니 말이지 애국이 행동으로 표현되는 것은 천태만상, 도저히 한두 마디로 요약할 수 없다. 한국에 나가 있을 때였다. 하루는 퇴근길에 학생들이 반미 데모를 하는 것을 본 적이 있었다. 그런데 그 데모에 참여하는 학생들 대부분이 나이키(Nike) 운동화를 신고 하나같이 이스트 팩(East Pak)인가 하는 당시 미국 상품으로 한국 학생들에게 유행했던 가방을 메고 있는게 아닌가. 이를 보는 순간 내 머리를 스쳐간 생각은 “애들이 재미로 저러는구나” 하는 생각이 들었고 이 생각은 10여 년 동안 내 머리 속을 떠나지 않았다. 미제 운동화와 미제 가방을 메고 반미 운동을 한다고 그들의 운동에 진정성이 없다는 것은 하나의 가정이지 현실은 아니다는 결론에 이르고서야 내가 성급했다는 것을 깨달았다. 우리가 어떤 사물에 대하여 느끼는 생각과 외부로 표출되는 행동은 실로 복잡하다.

애국을 소리 높여 외치는 애국지사들의 행동을 보면 실망을 할 때가 많다. 이들 우국지사 중에는 세금 포탈로 구속된 사람이 있는가하면 뇌물을 주고받다가 걸려든 사람, 성희롱으로 고소를 당한 사람, 사기행각을 하다가 철창신세를 진 사람 등 별별 사람이 다 있다. 요컨대 행동면에서는 우리네와 눈곱만큼의 차이도 없다는 말이다.

애국을 한다고 사람들 앞에 나서는 사람을 보면 저 사람은 나라 사랑하는 마음이 각별한 것으로 추론하는 것은 위험하다. 애국이란 말은 입에 올리지 않더라도 꼬박꼬박 세금을 내고 자기 직업에 충실한 말 없는 풀뿌리 시민들도 애국지사들인 것이다.

한국에 가면 피 뜨거운 애국지사들을 많이 볼 수 있다. 나라의 장래를 위해서 매우 든든한 일이다. 그러나 내 생각으로는 이들이 외치는 구호가 때로는 지나치게 뜨겁고 좁디좁은 견해를 내세운 독선에 지나지 않을 때가 많다. 예로 "독도가 우리 땅인지 의심이 가는 사람은 친일의 찌꺼기"같은 구호는 지나치게 단세포적이고 무고한 사람을 해칠 수 있는 구호이다. 우리가 진정 민주사회를 지향한다면 이 정도의 다른 견해는 참을 수 있어야 한다.

신문을 보니 일본 어느 대학교수 두 사람이 "독도는 일본 땅이 아니고 대한민국 땅"이라는 요지의 책을 따로 따로 출간했다는 기사가 났다. 틀림없이 이 두 교수의 주장을 못마땅해 하는 일본 사람들이 많을 것이다. 그러나 이 두 교수의 주장에 일본 어느 구석에서도 눈에 띄는 반대 의견의 소동(騷動)은 없었다고 한다. 한국에서 어느 교수가 "독도는 한국 영토가 아닌 것 같다"는 책을 썼다고 가정해 보자. 그가 무사할까? 우리에게는 물질적 풍요도 중요하지마는 나와 다른 의견도 풍요할 수 있는 아량이랄까 정신적인 여유도 이에 못지않게 중요하다고 생각한다.

글의 첫머리부터 "일본이 축구시합에서 이길 것이다", "일본은 다른 의견을 수용하는데 우리보다 관대하다"느니 따위의 일본에 유리한 말만 하다 보니 정말 친일파로 몰려 따귀라도 한 대 올라올지 모르겠다.

내기를 한 후 한 3주쯤 지났을까. 네 집이 어느 일식집에 가서 점심을 함께 하게 되었다. 그물에 먹이가 걸렸다고 기고만장하던 7전 6승 1패 기록의 보유자 불초소생(不肖小生)도 풀이 죽을 만큼 죽었다. 구렁이 알 같은 내 돈이 줄어든다는 것을 생각하면 애석한 일이지만 우리가 이겼기 때문에 이런 내기는 열 번을 져도 기분이 좋다는 생각이 들었다.

(2012. 9.)

3부

미인 단상

재미 | 강상(綱常)의 죄(罪) | 동요(童謠) 예찬
오바마 대통령의 취임식 | 성선설(性善說) | 미인(美人) 단상
대가(大家) | 멋 | 오복(五福) | 편지

재미

지난 5월 4일, N형, M형, 나 이렇게 셋이서 색소폰으로 가곡, 가요, 동요를 연주하는 삼인 음악회가 열렸다. N형은 일흔 하나, M형은 일흔 둘, 나는 일흔 세 살로 채운 밥그릇 수로 말하면 이 셋 중 내가 나이가 제일 고령인 '어르신'이었다. 그러나 N형과 M형은 고등학교 시절에 밴드부에 있었던 관계로 소위 빳다(bat:배트)를 맞아가며 배운 노장들이라 시계 바늘처럼 정확한 악사들, 나 혼자만 악보도 볼 줄 모르는 까막눈이었다. V교회를 빌려 열린 이 행사에는 넓은 주차장이 그득하다 할 정도로 많은 사람들이 왔고 나를 빼고는 모두가 실수 없는 연주를 해서 무척 기분이 좋았다.

연주회가 끝나고 친교실에서 열린 리셉션 자리에서는 "오늘 음악회가 참 재미 있었다"는 예의성 칭찬을 아끼지 않는 사람들이 꽤 있었다. 나는 이 말을 듣고 '재미'라는 말 대신에 다른 말이 없을까 하는 궁금증이 들어 다른 표현을 열심히 생각해 보았으나 얼른 적합한 단어가 떠오르지 않았다.

왜 다른 표현을 생각했을까? 이 재미라는 쉽고 자주 쓰는 단어 속에는 부정적인 의미가 군데군데 섞여 있어서 동양문화권에서는 듣는 이에 따라 오해를 불러일으키기가 쉽기 때문이다. 서생(書生)들에게 그들이 쓴 책이나 논문을 '퍽 재미있게 읽었다'고 하면 그 말을 듣는 사람은 '깊이가 없고' '가볍고' '학문적이지 못하고' '중후한 맛이 없는' 책을 읽었다는 것으로 해석할 수 있다. 미국이나 캐나다 같은 서양문화권에서는 글을 이해하기 쉽게 쓰는 사람들이 대중의 갈채를 받지마는 동양문화권에서는 어렵고, 무겁고, 중후하게 써야 학문적으로 깊이가 있는 것으로 칭찬 받는다. 시(詩)나 수필 같은 문학작품을 "재미있게 읽었습니다" 하면 어딘지 모르게 읽은 작품이 너무 가볍게 흥미위주로 쓰여져 있다는 뜻으로 해석될 때가 많다.

한번은 내가 주례를 선 자리에서 신랑 신부에게 재미있게 살아라는 내용의 주례사를 했더니 나중에 어느 하객 한 분이 와서 새 인연을 맺고 출발하는 신랑 신부에게 재미있게 살라고 해도 되느냐고 조심스럽게 물어왔다. 그럼 어떻게 살라고 했어야 되느냐고 물었더니 둘이서 화목하게 살아라 했으면 더 좋았을 것이란다. 재미가 있으면 화목할 게고 화목하면 재미가 있게 되지 않느냐고 대답하고 말았다.

참으로 재미란 말은 여러 의미가 섞여 있어서 자칫하면 엉뚱한 말로 들리기가 쉽다. '아기자기하게 즐거운 맛'이나 '좋은 성과나 보람'도 재미, '요즈음 재미가 어떻소?'하고 요즈음 생활 형편을 묻는 말도 재미요, 어느 두 기혼 영화배우가 눈이 맞아 바람을 피우는 가십(gossip)거리도 재미로 들어간다. 사업하는 사람이 '이번에 재미를 좀 봤다' 하면 이익을 많이 남겼다는 말이요 '정말 이렇게 재미없게 나올 작정이요?' 했을 때는 협박하는 말이 된다.

아기자기한 즐거움이란 말 속에는 감각적이고, 가볍고, 깊이가 그다지 깊지 않다는 의미도 있다. 한국에 있을 때 정신건강에 대한 강연을 한 적이 있다. 강연이 끝나고 "강연 참 재미있게 들었습니다"는 칭찬을 던지고 가는 사람들이 몇 있었다. 이 말을 듣는 순간 '내가 너무 약장사 스타일로 떠들었나?'하는 의심이 들었다.

재미가 부른 남이 저지른 '실수'를 옆에서 지켜본 적이 생각난다. 어느 결혼식에 갔더니 주례가 신랑 신부 앞에서 한다는 말이 "오늘 밤에 신랑이 신부를 다룰 기운이 있는 지를 검사하기 위해서 두 사람이 여기서 키스를 해 보십시오." 하는 지시를 내리는 게 아닌가 이건 분명 실수, 시쳇말로 '오버'다. 주례가 제 깐에는 주례사를 재미있고 톡톡 튀는 스타일로 해보이려는 욕심이 지나치다 보니 이런 실수를 저지르게 된 것이 아닐까 하는 생각이 들었다. 그리고 첫날밤에 신랑이 신부를 다루는 기운을 테스트하기 위해 키스를 하라는 것은 애당초 시험 문제가 잘못된 것 같다.

이렇게 보면 재미란 말은 오해할 여지가 너무 커서 함부로 쓸 말은 아닌 것 같다. 이 말 하면 이렇게 걸려들고, 저 말 하면 저렇게 걸려드는 사바 세상. 그럴 바에야 차라리 입을 다물고 있는게 최상의 길이 아니겠는가. 그러나 나 같은 떠벌이가 10분만 말 않고 있으면 욕언증(欲言症 : 말을 하고 싶어 미치는 증세 ; 글쓴이가 만든 말)에 걸려 자리에 드러눕고 말 것 같으니 그 일도 낭패라면 낭패다.

(2013. 5.)

강상(綱常)의 죄(罪)

우리는 무섭고 끔찍한 방법으로 저지른 죄(罪), 이를테면 사람을 죽여도 몹시 잔인한 방법으로 죽였다든지 아들이 부모를 죽인 것 같은 패륜행위에 대한 이야기를 들을 때가 간혹 있다. 이럴 때는 '천벌을 받을 놈'이라거나 '하늘도 무섭지 않느냐?' '하늘이 내려다 본다'는 등 하늘을 끌어대며 혀를 찬다. 내 생각으로는 모두 허무맹랑한 말에 지나지 않는 것 같다.

하늘은 바람을 일으켜 구름을 옮기고, 눈, 비, 폭풍, 번개를 품고 밝은 햇빛을 통과시키는 것이 하는 일의 거의 전부일 게다. 하늘은 넓디넓은 공간, 그러니 자율적 의지나 생명은 없다. 하늘이 생명체가 아니라는 사실을 번연히 알면서도 '하늘이 벌을 내릴 것'이라는 말을 하는 것은 사람의 힘으로는 어찌할 수가 없는 인간의 나약함을 드러내는 것. 절대 권력을 가진 전지전능의 그 무엇의 존재를 갈망한다는 증거가 아닐까?

그런데 하늘을 끌어대는 죄는 주로 윤리, 그 중에서도 강상(綱常)윤리에 저촉되는 죄를 가리키는 것은 무척 흥미롭다. 강상(綱常)이란 무엇인가? 강상이란 조선시대 때 삼강(三綱)과 오상(五常)으로 사람이 지켜야 할 도리이다.

삼강(三綱)이란 유교의 근본이 되는 세 가지 강(綱), 영어로는 three fundamental principles in human relations이다. 즉 임금과 신하(군위신강), 어버이와 자식(부위자강), 남편과 아내(부위부강) 사이에 마땅히 지켜야 할 도리를 말한다.

오상(五常) 역시 유교에서 나온 말로 사람이 지켜야 할 다섯 가지의 도리를 말한다. 영어로는 five moral rules라고 할까. 군신유의, 부자유친, 부부유별, 장유유서, 붕우유신 다섯 가지다. 상(常)이란 사람 사이의 관계를 질서 있게 하는 이법(理法). 오상은 인륜의 근본이라는 의미에서 오륜(五倫)이라 불리기도 한다.

사람을 얽어매어 옴짝달싹 못하게 만들던 현대의 보안법보다 더 지독한 그 법이 기승을 부리던 조선시대 때는 강상(綱常)의 윤리를 범한 죄인에게는 가장 혹독한 형벌이 내렸다. 가장 흔한 예로 노비(奴婢)가 주인을 살해하는 경우, 삼강의 군신유의를 확대한 죄니 무조건 종에게 사형이 내렸다. 노비는 어떤 경우에라도, 설사 주인이 종의 아내를 빼앗아갔다 하더라도 주인을 죽여서는 안 된다. 손경희 님의 책을 보면 자기 홀어머니가 다른 남자와 간통하는 것을 알고 이 사실을 관가에 고발했더니 처벌 받은 것은 간통한 어머니가 아니라 도리어 그 딸이었다고 한다. 딸이 어머니를 고발한다는 것은 강상(綱常)의 윤리를 범한 중죄(重罪)이기 때문이란 것.

왜 이렇게 엄격한 강상윤리가 태어났을까? 조선은 고려를 부정하고 세워진 왕조. 마치 이명박 정권이 들어서면서 노무현 정권의 모든 것을 배척 혹은 무시한 것처럼 조선은 고려의 거의 모든 것을 부정하면서 새로운 사회질서를 확립하려 들었다. 우선 건국에 공(功)을 세운 공신들에게 보답을 해야 하는 시급한 요구. 그래서 공신들에게는 나라에서 막대한 토지와 노비가 내려졌다. 그 결과 이성계의 건국, 왕자의 난(亂), 세조의 왕위찬탈 등을 지나며 비교적 짧은 기간에 공신수가 부쩍 늘어났다. 그 공신들은 평생 호의호식하며 그 자손들까지 세를 불리다 보니 한정된 토지와 노비는 바닥이 나고 분배상 갈등을 초래했다. 조선은 전쟁이 없었기 때문에 수입 노비는 없는 나라. 이런 환경에서는 노비공급을 위해서 노비 신분을 오래 오래 지속하도록 하는 수밖에 없었다. 양반 상놈으로 짜여있는 사회구조에서 기득권층의 특권을 보장하는데 필요한 새로운 인간관계의 질서를 확립하는 것이 절실하였다. 이렇게 해서 나온 강상(綱常) 윤리는 하늘의 뜻이니 두말 말고 운명적으로, 당연한 것으로 받아들여야 한다는 것. 새 왕조의 엘리트들이 통치이념으로 만든 삼강오상은 500년이 넘도록 백성들을 옴짝

달싹 못하게 얽어매었다. 그러나 그 법은 조선의 멸망과 함께 완전히 꼬리를 내리고 말았다.

삼강오상 대신 오늘날 무엇이 들어섰는가. 인간관계에 있어서 지켜야 할 새로운 법도는 무엇인가? 내가 알기로는 없다. 있다면 그것은 돈을 벌어서 치부(致富)하는 것이라고나 할까? 돈만 있으면 강상윤리고 뭐고 필요 없다. 그러나 부(富)는 약(藥)도 되고 독(毒)도 되는 법, 부(富)에 대한 욕심 때문에 '하늘이 내린 벌'을 받을 죄를 저지른 사람들은 내가 한국을 떠난 1960년대에도 있었고 오늘도 있고 100년, 200년 뒤에도 있을 것이다.

하늘이 벌을 내린다던 그 엄숙한 하늘로 사람 실은 비행기가 날고 로켓(rocket)도 빠른 속도로 날아간다. 이제 하늘도 무섭지 않은 모양이다. 하늘이 내린 죄건 아니건 속세(俗世)의 인간들이 저지른 범죄의 수는 하늘을 향해 치솟고 있다.

(2012. 3.)

동요(童謠) 예찬

나는 동요(童謠)를 좋아합니다. 동요란 아동 가요의 준말. 동요라는 말의 사전적 정의는 '어린이들의 생활 감정이나 심리를 나타낸 노랫말' 혹은 더 간단히 '어린이들이 부르는 노래'로 적혀 있지요.

동요를 부르며 위의 노랫말을 듣고 아름답고 천진스러우면서도 무어라 형언할 수 없는 맑고 명랑한 기분이 가슴속에 일지 않은 사람은 없을 것입니다. 동요를 부르면 나는 매미채를 들고 잠자리를 쫓아다니거나 잔디에 뒹굴며 하늘의 뭉게구름을 쳐다보고 있는 소년·소녀가 됩니다. 이처럼 동요는 어린이에게는 꿈을, 젊은이와 늙은이에게는 아름답고 고운 정서를 많이 느끼면서 정겹고 따뜻한 마음으로 살아갈 수 있도록 도와줍니다.

나 같은 노인에게 동요는 유년시절의 온갖 회억(回憶)을 쏟아놓고 갑니다. 우리가 옛날에 살던 집을 다시 가보면 웬일인지 마음 한 구석이 슬프고 그 집에 살 때 있었던 즐거운 일, 괴로운 일이 주마등처럼 스쳐가지 않습니까? 몇 년 전 나의 중매(仲媒)로 부부의 인연을 맺어 지금은 캐나다 서부에 살고 있는 J형 부부와 함께 자동차로 6시간 남짓 걸리는 N도시에 있는 옛날 우리가 살던 집을 찾아가 본 적이 있습니다. 38년 만에 찾아가는 옛집이었습니다. 자동차가 N시 입구에 들어서자 나는 그만 울음이 터져 나와 참느라 무척 혼이 났습니다.

사람은 커가면서 감정을 억제하거나 좀처럼 밖으로 드러내지 않는 것을 배웁니다. 자기의 진짜 감정은 숨기고 다른 엉뚱한 감정을 내보일 때가 많다는 말입니다. 예로, 어릴 때는 무서운 생각이 들면 울고, 화가 나면 물건같은 것을 집어 던집니다. 그러다가 나이가 들면 차차 감정을 억제하거나 숨기는 위장술(僞裝術)이 생겨납니다. 속으로는 겁이 나거나 화가 나도 이 감정을 밖으로 내보이지 않으려고 애쓰는 일은 누구나 다 경험했을 것입니다.

아이가 자라면서 이 '위장술'은 점점 교묘해져서 때로는 자기 자신조차도 자기의 진짜 속마음이나 감정이 어떤지 모를 때가 있습니다. 그러니 인생이란 연극 같다는 말이 나오기 마련이지요. 사교적이고 대인관계가 부드럽다고 하는 말은 사회적으로 용인될 만한 위장술에 탁월한 재능이 있다는 말과 통하지요.

나는 한국 E여대에 6년 반을 가 있는 동안 세상풍파에 젖지 않는 순수한 마음씨를 가진 학생들을 많이 보았습니다. 아무리 요새 젊은이들이 되바라졌네, 영악스럽네 떠들지만 이 학생들을 보면 그런 말에 의심이 갑니다. 그래서 가끔 혼자 생각으로 이 순진한 학생들이 앞으로 결혼을 하고 가정을 이루어 자식들을 키우며 세상살이에 시달리다가 어느덧 중년을 넘어서면 자기도 모르는 사이 모든 것이 풀어져서 아무데서나 걸터앉아 짜장면을 먹고, 상점 점원과 말다툼에 가까운 흥정을 하는 용감무쌍한 드센 아줌마가 되겠구나 생각하면 씁쓸한 생각이 들곤 했습니다.

어렸을 때의 천진난만한 마음상태를 그대로 가질 수 있는 것도 하나의 축복입니다. 그러나 이것을 사회에서 좋게만 봐주는 것은 아닙니다. 앞서 말한 위장술도 사회적인 압력에서 오는 것이니 사회적·문화적 압력과 어긋난 행동에는 사회적 배척과 업신여김이 따르게 마련입니다.

동요를 부르면 어린 시절에 있었던 일들이 강 저쪽에서 나에게 손짓을 하고 있다는 행복한 착각에 빠집니다. 그래서 N씨, M씨, 나 이렇게 셋이서 가지는 색소폰(Saxophone) 삼인 음악회 때 나는 동요 메들리를 프로그램(program)에 넣고 메들리의 맨 마지막 곡은 홍난파의 〈고향의 봄〉으로 끝내려고 합니다. 〈고향의 봄〉 노랫말대로 춤추는 냇가의 수양버들과 지즐대며 흘러가는 실개천 물소리는 잠시 내 귀에 희미하게 들려 올 것입니다. 인생살이가 동요 같을 줄로만 알았던 시절이 있었습니다. 70이 넘은 이 날

이때까지도 이처럼 동요를 좋아하는 것을 보면 아직 내 꿈과 사랑이 완전히 사그라들지는 않은 모양입니다. 나는 동요를 좋아합니다.

(2013. 2.)

오바마 대통령의 취임식

2013년 1월 20일에 있었던 미국 제45대 대통령 오바마(Obama)의 취임식을 텔레비전을 통해서 보았다. 나는 오바마의 정치 색깔을 좋아한다. 흑인 아버지와 백인 어머니 사이에서 난 혼혈아가 심리적으로 외롭고 어려운 환경 속에서도 굳건하게 커서 대통령의 자리까지 올랐으니 개세(蓋世)의 영웅이란 바로 이런 인물을 두고 하는 말이 아닌가 하는 생각이 든다.

취임식 분위기는 축하 일색, 모두가 싱글벙글이다. 영부인 미셸은 마치 옛날 영국의 흑기사(黑騎士) 같은 인상을 주는 옷에 영화에서 본 '시바의 여왕'을 연상시키는 분장을 하고 나와서 내 보기에는 곱고, 우아한 맛은 다소 떨어지지만 함박웃음을 참느라 애쓰는 모습이 귀엽다고나 할까. 취임식장으로 걸어가면서 주위에 아는 사람과 눈이라도 마주치면 눈인사 보내는 것을 잊지 않는 모습이 퍽 인상적이었다.

취임식장에서는 인기 대중가수 비욘세(Beyoncé)가 나와서 미국 국가(Star-Spangled Banner)를 불렀다. 세상에! 대통령 취임식을 하는 그 엄숙하고도 엄숙한 자리에 대중가수가 나와서 국가를 부르다니. 한국 같으면 패티 김이나 조용필 같은 인기 대중가요 가수가 나와서 애국가를 불렀다는 말인데—, 상상하기조차 어려운 일이다. 그 날 취임식장 위 단상에서는 중학생으로 보이는 학생들이 나와서 미국의 전승가(Battle Hymn of the Republic)를, 또 어떤 남자 가수 하나는 기타를 들고 나와서 '미국 찬미가(America the Beautiful)'를 불렀다.

미국에 태어나서 유치원만 다녔어도 다 알고 있을 노래들을 국민 모두가 다 아는 가수가 대통령 취임식장에서 노래를 부르는 나라. 이것이 바로 미국의 멋이요 매력, 힘이요, 생기다. 취임식 같은 자리에서 대중가수들이 노래를 부르는 사소한 일 뒤에 도사린 정신적 배경을 생각해보면 미국 사람들이 종교처럼 신봉하는 엄청난 시대정신(Zeitgeist) 때문이었음을 알 수 있다. 그 시대 정신이란 인류 평등주의(egalitarianism)와 '국민에 의한, 국민을 위한, 국민의 정치' 그리고 그 생각의 초석이 된 주권재민(主權在民: 나라의 주권은 국민에게 있다) 사상이다. 이 사상들은 1620년 영국에서 메이플라워(Mayflower)호를 타고 신대륙으로 건너온 청교도들로부터 오늘날까지 미국사람들의 피 속에 도도히 흘러내려온 정신유산의 DNA인 것이다.

우리는 어떨까? 이런 행사에는 으레 이름난 성악가가 질(質) 높은 노래를 해야 한다. 또 이같이 엄숙한 날에 남자가 이[齒]를 허옇게 드러내며 기쁘다는 표정을 보여서는 안된다. 장례식 분위기 같은 엄숙하고 근엄한 표정, 엄숙함이 지나쳐 비통에 가까운 표정이 전부일 것이다. 사회적 지위가 높을수록 거만하고, 굳고, 엄숙한 표정을 지녀야 하는 것이 우리의 '예의'로 되어있다.

몇 년 전에 이명박 대통령 내외가 캐나다를 방문했을 때 한인회관에서 열린 간담회에 가 본 적이 있다. 간담회란 정겹게 서로 얘기를 주고받는 것. 그러나 그 날의 간담회는 완전히 한쪽에서만 말이 나오는 일방통행이었다. 그 날 내가 본 이 대통령 내외분은 같은 테이블에 앉은 교민 누구와도 한 마디의 말도 건네지 않고(만일 건넸다면 사과한다.) 문자 그대로 돌부처요 망부석이었다. 희한한 간담회—.

우리나라에서 높은 자리에 앉은 지체 높은 어른이 지방 순시를 하다가 시골에서 농사를 짓고 있는 초등학교 동창생을 만났다 하면 지체 높은 분이 먼저 인사를 해야 할까 아닐까에 대해 의견을 나눈 적이 있다. 공식적인 행사 중이라면 인사를 하지 말아야 한다는 대답도 있었다. 우정에 대해서 이승수 님이 쓴 〈거문고 줄 꽂아놓고〉를 보면 일찍이 성호(星湖) 이익이 그의 글 '논교(論交)'에서 옛날 월(越) 나라 민요를 인용한 것이 실려 있다.

자네는 수레 타고 나는 삿갓 썼거든

수레에서 내려와 인사를 해주시게
그대가 우산 메고 내가 말을 탔거든
기꺼이 자네 위해 말에서 내리겠네
(君乘車我戴笠 …… 他日相逢爲君下)

위의 노래를 보면 사회적 지위가 높다고 으스대던 사람들은 옛날에도 있었던 모양이다.

우리는 다른 나라의 좋은 점을 보고 우리도 저렇게 했으면 할 때 우리의 '고유문화'를 내세워 외면할 때가 많다. 그러나 우리 정부가 자기들의 계획을 관철해야 할 경우에는 "선진국에서는 벌써 오래 전부터…" 하며 선진국을 끌어댄다. 고유문화와 선진국의 편의에 따라 창(槍)도 되고 방패도 되는 것이다.

그러나 한국에서도 요즈음 큰 행사 때는 '서민화'랄까? 거드름을 덜 피는 바람이 불기 시작했다는 말을 들었다. 내숭을 떠는 거창한 연극이 아니라 국민들을 가슴속에 잠시나마 따뜻하게 해주는 취임식이라면 나도 기꺼이 박수갈채를 보내야 하지 않겠는가.

(2013. 2.)

성선설(性善說)

성선설(性善說)은 인간의 본성이 착하다고 보는 견해로 중국의 철인(哲人) 맹자가 주장한 것입니다. 그러나 나쁜 환경이나 물욕(物慾)은 착한 본성을 가리기 때문에 악한 일을 저지르는 경우가 있다는 견해로서 뒷날 유가(儒家)의 정설(定說)이 되었습니다. 이에 반하여 성악설은 인간의 본성이 선천적으로 악하다는 중국의 철인 순자의 학설입니다. 그러니 예(禮)를 배워 악한 마음을 통제하는 수밖에 없다고 합니다.

이 두 개의 상반되는 주장의 시비를 가릴 때 예외 없이 '증거'로 나오는 이야기가 하나 있습니다. 즉 어린 아이가 우물에 빠지려는 위태로운 순간 아무리 흉악한 살인자라 해도 거의 반사적으로 얼른 손을 내밀어 그 아기를 붙들어 준다는 이야기입니다. 물론 성선설 측에서 내놓은 '증거'지요.

이 두 가지 설을 두고 내가 옳으니 네가 그르니 수 천 년을 두고 시비를 했건만 눈곱만큼의 결론도 나지 않고 있습니다. 본래 성선설이 맞느냐, 성악설이 맞느냐 따위의 시비는 과학이 들어 해결할 수 있는 문제는 아닙니다.

21세기 과학, 특히 북미대륙의 과학은 경험주의(Empiricism)에 그 기반을 두고 있습니다. 즉 과학적 연구대상이 되려면 객관적으로 측정 될 수 있고, 경험으로 '있다' '없다'가 판단될 수 있어야 한다는 말입니다. 이 명제가 적합하지 않은 경우도 많겠지만 어떻든지 경험주의야 말로 지금까지(특히 북미 대륙에서는) 자연과학과 심리학 같은 사회과학을 지배해 온 하나의 큰 과학 사조(思潮)입니다. 성선/성악설 같은 것은 객관적 측정부터가 불가능한 형이상학적(metaphysical)인 문제이기 때문에 철학 종교학자들의 논쟁거리는 되어도 과학적 연구의 대상은 되지 못합니다.

성선/성악설로 돌아가겠습니다. 아기를 붙잡아 주려고 손을 내미는 사람은 순간 무엇을 생각했을까요? "이 아이의 엄마 아빠가 직장을 하나 구해주겠지."하는 기대심리? "착한 행동을 한 사람으로 알려져서 신문 방송에 소개되고 표창장까지…." 아니면 "나도 착한 구석이 있는 사람"이라는 자찬(自讚)에 그치고 말까요? 맹자는 아기에게 도움의 손길을 뻗치는 순간은 기실 아무것도 생각할 겨를도 없다고 합니다. 그것은 인간의 마음속에서 저절로 스프링처럼 튕겨 나오는 것이니까요.

그런데 남을 도와주려고 하는 따뜻한 마음은 사람 누구에게나 있다는 것이 맹자의 주장입니다. 이런 마음을 소중하게 간직해서 자라면 이것이 곧 석가의 마음, 예수 그리스도의 마음이란 말이지요. 남을 도와준다는 것은 인간의 본능입니다. 우리가 무슨 일로 마음이 급하다든지 초조할 때는 남에게 도움의 손길을 뻗치는 일이 줄어들지 않습니까. 그러니 남에게 신경을 써주고 남을 도와주는 마음이 있느냐 없느냐는 정신적으로 건강하냐 아니냐를 결정하는데 중요한 자료가 된다는 말입니다.

성선설을 조금 확대해 보겠습니다. 인간이 타고난 본성을 키워서 가족뿐만 아니라 만나는 사람 모두를 사랑으로 감싸줄 수 있다면 우리 세상은 예수, 부처, 공자 같은 성현들로 꽉 차서 이상적인 세상이 될 것입니다. 그러나 현대 사회에서는 매일 낯 모르는 사람들과 수없이 만날 뿐 아니라 그 중에서 경쟁관계, 이해관계가 얽힌 만남이 있을 것이니 모든 사람에게 사랑으로 대한다는 것은 현실적으로 불가능합니다. 그러나 나도 윤리학자 김태길 교수가 한 말대로 인(仁)이니 의(義)니 예(禮), 지(智), 신(信) 따위도 좋긴 하지만 시대감각에 맞지 않는다고 생각합니다.

남을 도와준다는 말도 그 '남'이 전통사회 시절의 부모, 형제, 마을 사람들이 아니요 듣도 보도 못하던 사람일 때는 도와준다는 의미가 희미해질 때가 많지요. 그러니 현대 사회에서 남을 도와주려는 손을 내밀기 위해서는 '나[我]'라는 테두리를 넓혀야 한다고 봅니다. 우리 대부분은 극히 좁게 정의된 '나'의 테두리를 정해 놓고 그 테두리 밖으로는 한 발자국도 벗어나지 못하고 있지요. 내 앞길만 내다보며 내 자신만 돌보기에 바쁘다는 점에서 이기주의자가 아닌 사람은 드물지 싶습니다. 그러나 석가나 예수 같은 성인은 '나'의 테두리가 극히 넓기 때문에 이 세상 그 어느 누구도 '내'안에 끌어들일 수 있지요.

세상 사람들 대부분은 선한 마음, 착한 마음 둘 다 가지고 있는 것 같습니다. 사람이 몹시 악한 일을 저질렀을 때는 감옥으로 갑니다. 그런데 악한 사람들 이웃에 사는 사람들은 감옥에 더 많이 가고, 착한 사람 이웃에 사는 사람들은 감옥에 덜 갑니다. 이걸 보면 성선, 성악의 본성이란 엄마 뱃속에서 나올 때 가지고 나오는 것이 아니라 주위 환경에 많이 달린 것 같다는 생각이 듭니다.

(2012. 9.)

미인(美人) 단상

나는 KBS에서 20년 넘게 계속되는 인기 프로그램 〈가요무대〉를 좋아한다. 이 프로그램에서는 요새 활동하고 있는 남녀 가수들이 무대에 올라 여명기부터 지금까지의 노래를 부르니 일종의 추억의 노래 시간인 셈이다. 〈가요무대〉에 나오는 여(女)가수들 대부분이 한국의 여성 평균보다 더 곱게 생겼다할까, 매력적이랄까 잘 생겼다할까, 하여튼 이 〈가요무대〉를 통해서 나는 노래도 듣고 미인들 눈요기도 하는, 말하자면 님도 보고 뽕도 따는 시간이다.

한 가지 재미있는 것은 10,20년 전 〈가요무대〉에 나와서 노래를 부르는 여가수들 중에는 성형수술로 더 예뻐진 사람도 있으나 얼른 알아보지 못할 정도로 못해진 사람도 있다. 가만 뒀어도 좋을 얼굴을 더 예뻐지려는 욕심 때문에 칼을 댔다가 도리어 손해를 본 것이다.

예쁘게 보이고 싶은 인간의 욕심은 끝이 없는 것. 성형 자체를 나무랄 수는 없다. 성형술이 없었던 그 옛날에는 미인은 하늘이 내리는 선물. 모두가 무공해, 자연산들이니 이들이 나오는 곳은 주로 당시의 강대국들이다. 천민 계급에서 미인이 발견되는 경우는 곧바로 통치자에게 알려져 진상품으로 보내진다. 그러니 당시 역사가 깊고 강대국이던 중국에는 미인들이 많기로 유명하다.

중국 역사에 남은 미인은 서시(西施), 왕소군(王昭君), 초선(貂蟬), 양귀비(楊貴妃) 이 넷이다. 그런데 이 네 사람 각각 자기 미모의 정도를 말해주는 별명이 하나씩 붙어있다. 서시에게는 강물에 비친 모습이 너무나 아름다워 물고기들이 그녀를 보다가 헤엄치는 것을 잊어버려 강바닥에 가라앉았다는 뜻의 침어(沈魚), 왕소군에게는 그의 미모에 반해 기러기가 날개짓을 하는 것조차 잊어버려 땅에 떨어졌다는 의미의 낙안(落雁), 초선에게는 황홀한 아름다움에 달도 구름 뒤로 숨어버렸다는 의미의 폐월(蔽月), 양귀비에게는 너무나 아름다워 궁정에 핀 꽃들이 부끄러워 고개를 숙였다는 의미의 수화(羞花)라는 별명이 붙었다는 것이나. 물고기, 기러기, 달, 화초도 미인을 알아본다는 말에야 웃음이 나오지 않을 수 없다. 어조류(魚鳥類)와 무생물의 미인 기준이 우리 인간과 꼭같다는 말이니 과장치고는 퍽 재미있고 귀여운 과장.

아닌게 아니라 사람의 미(美)에 대한 기준은 이 지구상에 있는 여러 문화권 중에 놀라울 정도로 일치도가 높다는 것을 보고하는 연구가 많다. 그런데 중국에서 뽑은 무공해 미인들은 당시 시대상으로 봐서 얼굴 하나만 봤지 오늘처럼 가슴, 허리, 엉덩이, 다리, 진화심리학에서 떠드는 WHR(waist-hip-ratio: WHR) 같은 남자들의 관심을 끄는 항목은 완전히 무시됐다. 요즈음 물고기들은 얼굴은 미인이나 가슴과 허리가 '아니올시다'인 얼굴 미인을 보고 강바닥에 가라앉기는커녕 고개를 내밀고 "성형외과에나 어서 다녀오세요"라며 놀리고는 물속으로 쏙 들어가 버릴 것이다.

미인을 규정하는데 있어서 얼굴에 치중하는 것은 너무나 당연한 것. 그러나 착한 마음이랄까, 온화한 기품 같은 내부에서 우러나오는 아름다움은 제쳐두고 얼굴의 표피적(表皮的)인 아름다움에만 매달려서야 되겠는가. 그런데 매력이 높은 점수를 받은 여성은 정직성, 책임감, 친절 같은 내면적 덕성에서도 공연히 점수를 더 많이 받는다고 한다. 서시, 왕소군, 초선, 양귀비의 4대 미인도 얼굴의 아름다움에 이들 덕성도 휩싸여갔기 때문에 별 문제가 되지 않았을 것이다.

진화심리학을 따르면 여자는 천부적으로 자기의 DNA를 계승할 자식의 안녕과 복리를 가장 잘 보장할 수 있는 남성에 매력을 더 느끼기 때문에 권력이 높거나 재정능력이 많은 사람들에게 더 매력을 느낀다고 한다. 미국 닉슨(R.Nixon) 대통령 시절 국무장관을 지낸 키신저(H.Kissinger)라는 사람은 "권력은 궁극적인 성욕촉진제(power is ultimate aphrodisiac.)라고 했다. 얼추 맞는 말이다. 힘(Power)있는 자는 미인을 찾고, 미인은 힘 있는 자에게 끌리기 쉽다는 사실은 만고불변의 진리이다.

(2012. 1.)

대가(大家)

나는 그림에 소질이 없다. 중학교 때 내 엄지손가락을 치켜들고 그리는 소묘(素描: dessin) 시간에 한 번도 잘 그렸다고 칭찬 받거나 우리 반 수작(秀作) 10개에도 뽑히질 못했다. 그런데다가 한 번은 야외 미술시간에 선생님이 안 계신 줄 알고 큰 소리로 선생님 욕을 한창 하는데 내 바로 뒤에서 듣고 있던 선생님으로부터 출석부로 내 두개골을 도끼로 쪼개는 것 같은 기습을 받았다. 돌대가리였던 것이 큰 도움이 되었지 싶다. 그 후로 미술시간은 나의 원수. 내가 대학교를 다니고 있을 때인가 L선생님은 어느 대학교로 자리를 옮기시더니 전국적으로 이름을 날리는 화가가 되었다.

대학교 다닐 때 일중(一中) 김충현 선생께 붓글씨를 배우던 나는 해마다 10월이 오면 경복궁에서 열리는 국전(國展)에 가곤 했다. 심산(心汕) 노수현, 청전(靑田) 이상범 등 여러 대가들의 산수화가 좋아서 서예 전시실 못지않게 동양화 전시실에도 오래 머물던 생각이 난다. 나는 특히 청전의 산수화를 좋아했는데 요새는 화풍(畵風)이 많이 달라져서 옛날의 청전 산수화 같은 그림을 그리는 화가는 드물다. 몇 십 년 전 토론토에 사는 청전의 제자로 알려진 여류화가 K씨를 통하여 청전풍의 산수화를 가끔 볼 수 있었는데 요즈음은 그런 작품을 내놓는 화인(畵人)도 없는 것 같다.

국전 서예실에 발을 들여놓으면 일중(一中) 김충현, 검여(劍如) 유희강, 원곡(原谷) 김기승, 구룡산인(九龍山人) 김용진, 여초(如初) 김응현 같은 대가들의 작품이 주위를 압도하였다. 나와 동학(同學) 박준근 군은 우리들 또래 집단을 훌쩍 뛰어넘어 저만치 앞에서 천재성을 번뜩이던 유망주. 그러나 그는 조선 말기 서른을 넘기지 못하고 요절한 천재화가 전기(田琦)를 닮았는가 마흔을 넘기지 못하고 저 세상으로 가버렸다.

시서화일체(詩書畵一體)라는데 나는 원통하게도 화(畵)가 짧으니 서예인으로서 대가(大家)가 될 전망은 그다지 밝시 않나는 것이 피부로 느껴졌다. 서예인으로서 그림에 재능이 없다는 것은 이공계 학문을 전공하는 학생이 수학을 잘 못하는 것과 같고 권투선수로서 잽(jab)을 못 넣는 것과 같다. 한말의 서화가로 기미독립운동 민족대표 33인의 한 사람이요, 신문 〈동아일보(東亞日報)〉 제자(題字)를 쓴 위창(葦滄) 오세창 같은 이는 글씨뿐만 아니라 그림, 각(刻) 등 그가 원하는 거의 모든 것에 재능을 내려받았다. 그러나 나 같은 사람에게는 엄지손가락 하나 제대로 그리는 재능도 주질 않았으니—. 불공평하다. 하늘이여!

그림이나 글씨 얘기를 하면 왕희지 얘기를 빼놓을 수 없다. 서성(書聖)으로 불리던 왕희지는 그가 우군(右軍) 장군 벼슬에 오른 것을 축하하기 위하여 절강성 산음지방에 있던 정자 난정(蘭亭)에서 곡수연(曲水宴)을 연 적이 있다. 곡수연이란 경주의 포석정 같이 물이 굽어 흐르게 만들어 놓고 술잔이 자기 앞으로 꾸불꾸불 떠내려 오는 동안 시를 지으며 노는 선비 계층의 연회를 말한다. 난정에 모인 사람 40여 명의 시(詩)를 모아 펴낸 시집(詩集)에 왕희지가 행서로 서문을 썼으니 이것이 바로 그 유명한 〈난정서〉이다. 왕희지가 죽자 〈난정서〉는 그의 7대손 지영선사에게로, 지영선사에서 다시 변재선사에게로 갔다.

한편 당 태종은 은밀한 수소문 끝에 변재선사가 그 〈난정서〉를 보관하고 있다는 것을 알고 몰래 첩자를 보내서 그 〈난정서〉를 훔쳐왔다. 나중에 이를 알게 된 변재선사는 화병으로 먹지도 마시지도 못하고 시름시름 앓다가 열흘 만에 죽었다 한다. 〈난정서〉를 손에 쥔 태종은 늘 그것을 즐기며 감상하다 죽을 때 자기 관에 넣어달라는 부탁을 하고 죽었다. 그 때문에 천하보물 〈난정서〉 원본은 이 세상에서 다시 볼 수 없게 되고 말았다.

조선 세종 때 서예가 최흥효라는 선비는 그가 글씨로 유명하게 되기 전 어느 과거 시험장에서 답안지를 쓰다가 우연히 왕희지 글씨와 비슷한 글자를 썼다고 스스로 생각, 과거 시험지가 아까워 내지 않고 집으로 가져왔다는 일화가 있다.

나는 〈난정서〉 원본을 잃고 화병이 들어 죽은 변재선사나 〈난정서〉를 훔친 당 태종, 왕희지 글씨와 같은 글자를 썼다하여 과거 답안지를 제출하지 않고 집으로 가져와버린 최흥효 모두가 예술에 대한 열정은 이해가 가지만 어딘가 '아니올시다'라는 생각은 금할 수 없다. 그 정도로 예술에 대한 내 감각은 무디다. 그러나 기회가 있으면 미술관을 찾는 것을 게을리 하지 말 것을 스스로 다짐은 한다. 우리가 사는 곳을 구태여 토론토 공항 근처에 자리 잡은 이유의 하나도 즐겨 찾던 맥마이클(McMichael) 미술관이 퍽 가까운 거리에 있다는 이유 때문이다. "매주말이면 맥마이클 미술관에 가서 그림 구경을 하고 커피도 마시고, 산책도 하고…" 그림 같은 풍경…. 그러나 막상 이사를 오고 나니 매주 한 번은 커녕 일 년에 한 번 가기도 어려웠다. 이제는 한국에서 손님이나 오면 거길 갈까, 우리 스스로 가는 법은 없다. 그러니 회원권(membership)은 겉멋으로 가지고 다니는 장식품이 되었다.

음악이고, 미술이고, 무용이고, 서예고… 예술은 정서의 표현. 예술에 대한 관심이 멀어질수록 우리의 정서도 가뭄에 논밭 갈라지듯 황폐하게 된다.

(2012. 2.)

멋

사전을 보면 멋이란 '옷차림새, 행동, 됨됨이 등이 세련된 상태와 아름다움' 혹은 '운치와 흥취'로 정의 되어 있다. 영어로는 'elegance'란 단어가 우리가 말하는 멋과 가장 가까운 거리에 있는 말이지 싶다. 우리말이건 영어건 멋이 무엇인가를 몇 마디로 설명하기는 퍽 어렵다. 우리는 멋이란 말을 하루에 수십 번 넘게 하지마는 그 말의 정확한 뜻에 대해서는 잘 생각해 보질 않는다. 그러나 멋이 무엇을 가리키는지는 대충 의견을 같이한다.

이 세상에 남자로 태어나서 젊은 여성들에게서 "와! 참 멋있어요."하는 칭찬을 들었을 때 기쁨으로 가슴이 터질 것 같은 희열을 경험해보지 못한 남성이 어디 있을까. 철학 교수 김태길의 말마따나 '멋있다"는 말은 우리 인생 최고의 찬사, 가장 듣고 싶어하는 말이다.

나보고 이 세상에서 멋있게 살다간 사람을 꼽아보라면 맨 먼저 떠오르는 사람은 조선 중기의 풍류객 백호(白湖) 임제다. 전라도 나주에서 오도(五道) 절도사를 지낸 청백리(淸白吏) 진의 아들로 태어난 백호는 벼슬에 초연하여 당파 싸움의 탁류에 휩쓸리지 않고 평생을 고고하게 살았다. 그의 멋 절정은 그가 평양감사에 임명되어 부임지 평양으로 가는 길에 개성 근처 장단에 있는 여류시인이요 기녀인 황진이의 무덤을 찾아가서 '청초 우거진 골에 자는다 누웠는다/ 홍안은 어디가고 백골만 묻혔는다/ 잔(盞) 잡고 권할 이 없으니 그를 설워하노라'는 절창을 남겼다는 사실에 있다. 평양감사로 부임한다는 자기의 사회적 지위도 잊고 미천한 기녀의 무덤 앞에 엎드려 잔에 술 부어 올리는 이 돌출적인 행동, 당시 시대사조로는 이해하기 어려운 이 행동이 멋의 절정이 아니겠는가. 미스 황의 무덤에 술잔 올리는 순간은 그는 평양 감사 임백호가 아니요 사나이 임백호였다.

광해군 때 유몽인이 쓴 〈어우야담〉에는 또 하나 백호에 관한 재미있는 일화 한 토막이 실려 있다. 당시 평양에 콧대 높기로 유명해서 평양감사도 범하지 못하고 있던 어느 기생을 백호가 하룻만에 그녀의 몸과 마음을 얻을 수 있는가 없는가. 평양감사와 금 만 냥 내기를 하여 백호가 이겼다는 기녀와의 연담(戀談)이다. 내기에 이겨 만 냥을 거머쥐게 된 행운은 고사하고 도대체 어떻게 했기에 그 콧대 높은 여자를 하룻밤 사이에 무장해제를 시켜버렸을까? 그 비법을 나도 한 수 배우고 싶은 생각도 들지마는 내 나이 72, 때가 좀 늦은 감이 없지 않다. 그 사건 이후 죽을 때까지 다른 여인과는 인연을 맺지 않았다는 지조(志操)의 사나이 임백호. 동인서인(東人西人)으로 갈라서서 서로 헐뜯고 싸우며 공명이나 얻으려는 벼슬아치들의 비열한 꼴을 비웃으며 강호에 방랑, 세상을 놀라게 하는 명문장에 거문고, 술과 친구를 사귀다가 39세의 나이로 이 세상을 마감한 사나이—. 죽음에 이르러 "제왕도 일컫지 못한 나라에서 죽는 판에 슬퍼할 이유가 없으니 죽거든 절대로 곡은 하지 마라."는 유언을 남기고 눈을 감았다는 자주사상가 임백호.

이렇게 보면 멋이란 잘 생긴 외모에다 유행 따라 입는 옷이나 머리 스타일 같은 겉으로 나타나는 외(外)적 요소 때문일 때도 있다. 그러나 백호처럼 세상명리를 뜬 구름 보듯한 그의 고고하고 꼿꼿한 인생에 대한 자세와 격조 높은 시문, 거문고에서 퍼지는 향기 등의 내(內)적 요소 때문에 연유한 멋일 때가 더 많지 않을까.

운동선수나 예술가가 갈고 닦던 일에 최선을 다하여 뛰어난 실력을 보이는 것도 멋있다. 그런데 살펴보면 멋의 근원은 어디까지나 보통이 아닌 비범(非凡)에서 나오는 것 같다. 수필가 피천득 교수의 말처럼 모자를 똑바로 쓰는 것보다 약간 삐딱하게 써야 멋이 있지 않은가. 개성 있는 화장을 하거나 개성 있는 음색으로 노래를 부르는 가수가 멋있다. 이렇게 보면 무엇이든 뛰어난 성취

수준과 그에 따른 독특한 개성은 곧 멋의 필요충분조건이라 해도 틀린 말은 아닌 것 같다.

얼핏 보면 멋있어 보이나 자세히 보면 멋이 없는 경우도 있다. 소설 〈춘향전〉의 주인공 이몽룡이 그렇다. 감옥에서 칼머리를 쓰고 있는 자기 애인을 한시라도 빨리 구하는 것이 그녀의 고통을 덜어주는 것. 그러나 그 생각은 않고 제 출세한 것 한 번 뽐내보고 싶은 허영에서 여기 저기 다니며 수다를 떨다가 그 이튿날에 가서야 '암행어사 출두'를 외친 이 사나이는 얼핏 보면 멋있게 보이나 실상 지지리 못나고 용렬한 사내인 것이다.

앞에서 말했듯이 대중과는 다르게 보이는 것이 멋의 출발점이라면 세상 사람은 누구나 멋을 가지고 태어났다고 볼 수 있다. 자기 자신 생긴 그대로 내보이면 그게 곧 멋일 텐데 우리는 남에게 눈길을 보내다보니 자기도 잃고 멋도 잃어버린다. 멋은 곧 개성의 표현, 자기 생긴 대로 사는 것은 자기를 되찾는 길임과 동시에 곧 멋을 만들어 내는 길이다.

(2012. 8.)

오복(五福)

사람은 일반적으로 축복 속에서 태어난다. 아빠 엄마를 비롯해서 주위에 가까운 가족들은 아이가 이 세상에 어서 나오기를 흥분과 설렘으로 기다린다. 요즈음에 태어난 아기는 제 명(命)대로 산다면 80은 무사히 넘길 테고 90, 100, 110살 근처 어디에서 세상을 하직하는 눈을 감을 것이다.

태어난 아기가 커서 어른이 되고 늙어서 죽기 전까지의 인생행로가 세상에서 꼭 같은 사람은 없다. 한 뱃속에서 나와서 한 집에서 자란 쌍둥이도 겉보기에는 비슷해도 속으로는 서로 생판 다른 삶을 살다가 간다. 삶이 이처럼 예측 불허임에도 인생행로를 점치려는 인간의 노력은 끊이질 않는다. 사주팔자라는 게 그 예가 아닌가.

그러니 바라는 삶의 방법도 제각기 다르다. 어떤 사람은 재물이 풍성한 삶을, 어떤 이는 육체적, 관능적 만족 위주의 삶을, 또 어떤 이는 사회적 지위와 명성을 좇는 삶을 살다가 눈을 감는다.

물론 자기가 어떤 삶을 원한다고 그대로 되는 것은 아니다. 돈을 벌려고 애쓰고, 몸을 튼튼히 하고, 사회에서 인정을 받고 명예를 찾는 것… 이 모두가 결국에는 행복한 삶을 이루고자 하는 수단에 지나지 않는다. 아리스토텔레스가 말했던가. "삶의 궁극적인 목적은 행복을 얻는 것에 있다"고—.

그런데 옛날부터 이 행복한 삶을 이루는 몇 가지 요소랄까 종목이 있다. 이를 두고 오복(五福)이라 한다. 순서대로 적어보자.

수(壽), 부(富), 강령(康寧), 유호덕(攸好德), 고종명(考終命)이다. 수(壽)는 오래 사는 것, 부(富)는 경제적으로 윤택하게 사는 것, 강령(康寧)의 강(康)은 신체적 건강을, 령(寧)은 정신적인 건강을 말한다. 유호덕(攸好德)은 덕을 좋아하는 태도로서 남을 도우려 애쓰는 착한 행동으로 덕을 쌓는 것, 마지막으로 고종명(考終命)은 고통 없이 편안하게 죽음을 맞이하는 것이다. 심리학자들이 언어력, 수리력, 공간지각력 같은 분야의 점수를 모아 지능지수(IQ)를 산출하는 것처럼 이 다섯 종목에서 얻은 점수를 종합하여 오복의 많고 적음이 결정되는 것이다.

이 오복 개념이 언제 어디서 태어난 것인지는 잘 모르겠으나 유교가 조선에 흘러들어오기 훨씬 전, 그러니까 고려나 삼국시대, 아니면 저 옛날 동굴 속 생활을 하던 시절부터 유행하던 개념이 아닐까 하는 생각이 든다. 이렇게 수천 년을 내려오던 오복의 개념이 최근에 와서 흔들리고 있다.

8·15, 6·25, 4·19, 5·16을 거치며 우리 사회는 점점 더 거칠어지고 가치와 규범이 급격히 혼란스러워지기 시작했다. 물론 오복(五福)도 영향을 받았다. 하루는 내 컴퓨터에 어디서 온 것인지는 모르나 '오늘날의 오복'이라는 제목 아래 다음 다섯 가지가 적혀있는 것을 보았다.

1. 건강
2. 처(남편 혹은 자기를 돌봐 줄 수 있는 배우자)
3. 재산(자식에게 손 안 벌리고 독립적으로 살아갈 수 있는 적당한 재산)
4. 취미(생활의 리듬과 보람을 느끼게 할 수 있는 소일거리)
5. 친구

누가 한 말인지 모르겠으나 꽤 그럴듯하게 들리는 말이다. 편안한 최후를 맞이하는 고종명과 함께 남에게 선행과 덕을 베풀라는 유호덕이 없어진 것이 흥미롭다. 이제는 일찍 죽는 병의 대부분이 치료가 가능할 뿐만 아니라 죽을 때 산소마스크를 달고 있으니 고종명의 의미가 약화되어서 그런 것은 아닐까? 유호덕이 빠진 것은 서구에서 몰려온 개인주의 사상의 영향으로 남에게 선행을 베풀고 덕을 쌓는 것도 중요하지만 우선 '나'부터 철저하게 관리를 하고 보자는 '나'에 대한 관심 때문에 '남'이 많이 줄어든 반면 완전한 '남'보다는 '나'와 가까운 사람들을 내세우다보니 친구 항목이 들어선 것 같다. 요즘 같은 세상에 덕을 쌓는다는 말 같은 것은 점점 들어보기가 힘들다.

전통적인 오복이나 현대 오복에 자식 복이 없다는 것이 무척 흥미롭다. 예로부터 많은 자식들이 효도를 하기는커녕 부모 속만 썩이는 애물단지가 되어 자식이라면 아예 효경(梟獍)의 기질이 있는 존재로 봐서 그런가? 효(梟)는 어미를 잡아먹는 새이고 경(獍)은 아비를 잡아먹는 짐승으로 불효 혹은 불충을 말한다. 또 최근의 배금사상은 도도하게 밀려 내려오는 용암처럼 인간 생활의 모든 면을 뒤덮고 있다. 그 결과 멀지 않아서 제1의 복인 수(壽)의 자리가 부(富)에 밀려날지도 모른다. 배금사상이 초대형 복(福)으로 부상(浮上)하는 날에는 돈만 있으면 5복 중 4가지 복은 식은 죽 먹기로 쉽게 해결이 된다는 말이다. 예로 앞에서 한 1만 년이 지나면 뱃속에 있는 아이도 잠시 꺼내어 필요한 성형수술을 하고 다시 자궁에 집어넣는 기술이 나올지 모른다. 그런데 그 비용이 천문학적 숫자일 텐데 우리나라에서 이 돈을 감당할 사람이 몇이나 될까. L씨와 C씨 두 가계 외에는 그리 많지 않을 것이다. 이렇게 보면 제1복 부(富)는 생각만 해도 소름이 끼치는 1복이 될 것이다.

(2012. 8.)

편지

편지를 받아본 적이 옛날이다. 마지막으로 받아본 것이 작년 이른 봄, 한국에 있는 저명한 수필가 K선생이 보내온 것이다. 선생은 자기보다 10살 아래인 나에게 깍듯이 존댓말을 써가며 200자 원고지에 정(情)이 듬뿍 담긴 사연을 또박또박 적었다.

… 어느 제자가 연하장을 보내왔는데 한자로 花香千里行 情香萬里薰(화향천리행 정향만리훈 : 꽃의 향기는 천리를 가고 정의 향기는 만리에 풍긴다)라고 써 왔습니다. 형의 글을 읽으면서 정이 너무 깊게 든 친구 같아서 며칠 동안 기뻤습니다. 5월에 한국에 오신다고 했는데 또 편지를 썼으니 받는 사람에게는 그야말로 情香萬里입니다….

내가 편지를 처음 써 본 것은 초등학교 때, 6·25전쟁으로 일선에 나가 있는 국군 장병들에게 의무적으로 써야 하는 위문편지였지 싶다. "…살을 에이는 북풍(北風)은 몰아치는데 백만 조류(鳥類)만이 추위에 제집을 찾는듯이 짹짹이며 희롱하는 자세…" 누구에게서 훔쳐온 구절인지 생각은 나지 않으나 훔쳐온 것만은 분명하다. '북풍' '희롱하는 자세' '백만 조류' 따위의 아이 말이 아닌 이 유치한 표현은 전쟁의 포화가 멎을 때까지 2,3년간 잘 써 먹었다.

전쟁이 끝나고 나는 집을 떠나 타향으로 떠돌며 주머니가 빌 때는 용돈을 마련할 목적으로 아버님께 드리는 편지 부주전(父主前) 상서를 부지런히 썼다. 지금 시세로 한 10~20만원 벌어보자는 게 내 편지의 궁극 목표—. 그 목표를 달성하기 위해서 아버님께 드리는 편지는 사뭇 장중한 전주곡으로 시작되었다. "아버님 내외분 기체후 일향만강 하옵시며 근력(筋力)도 좋으신지요. …자식들 때문에 주야로 노심초사(勞心焦思) 걱정 하시고 고생하시는 아버님, 어머님을 볼 때 자식된 도리로 효도 못하는 것이 한(恨)스럽고 두중(頭重) 하옵니다. ….."는 등의 뇌바라진 말—. '노심초사'와 머리가 무겁다는 뜻의 '두중(頭重)'이란 말은 큰형님이 아버님께 드리는 편지를 훔쳐보고 실례해온 말이다. 별다른 할 말이 없을 때는 집에서 보신탕용으로 기르는 똥개 안부도 하다가 끝에 가서 슬쩍 돈 얼마만 보내주시면 학업에 도움이 되겠다는 말을 흘렸다.

편지를 쓸 때 하고 싶은 속 말을 맨 뒤로 미루는 것은 나 뿐 아니라 우리나라 사람들 대부분의 공통점이지 싶다. 편지뿐만 아니라 사회교제 전반에 걸쳐 다 그런 것 같다. 청주 어느 대학에서 교단에 서고 있는 내 대학교 후배 P교수는 이 현상을 가리켜 한국 사람들의 이러한 특성을 지적한 외교관 이름을 따서 '프랑시 법칙'이라 불렀다. 자기 신상에 대해 선생님과 상의하고 싶은 학생이 막상 선생님을 마주대하고 앉아서는 엉뚱한 이야기만 늘어놓다가 헤어질 때쯤에야 속 이야기를 우연 슬쩍 지나가는 말로 흘린다는 것이다. 그러니 학생 상담에서 아무리 학생이 제 발로 걸어 들어와서 상담을 청한 학생이라 해도 "무슨 일로 왔나? 내가 어떻게 도와주면 좋겠어?(What brought you here. How can I help you?)" 따위의 미국 상담 교과서에 실린 화법(話法)은 한국문화에서는 안 먹혀 들어간다는 것. 대신 날씨나 시국 이야기, 스포츠 소식 등 엉뚱한 이야기로 시작하면 나중에 진짜 이야기는 저절로 나온다는 것이다.

그런데 요새는 편지를 주고받는 경우가 엄청나게 빠른 속도로 사라져 가고 있다. 두 말 할 것도 없이 가장 큰 이유는 컴퓨터, 전화 등 교통수단의 발달 때문이다. 컴퓨터로 오는 편지를 받을 때면 나는 무슨 영수증이나 공지사항을 통보받는다는 기분이 들 때가 많다. 생화(生化)와 조화(造花)의 차이랄까. 내가 생각하는 편지란 쓴 사람의 손때가 묻어있고 그 사람 마음의 그림자를 읽을 수 있는 편지다. 내 고정관념 때문인가. 컴퓨터로 온 편지에서는 이런 감정은 느껴보기 힘들다.

해방이 되기 꼭 7년 전 백년설이라는 뽕짝가수가 불러 인기를 모았던 윤도순 작사, 전기현 작곡의 〈일자일루(一字一淚)〉라는 가요가 있다. 70년 묵은 곰팡내가 풍겨오지만 그 노랫말에 담긴 애절한 순정은 오늘날까지 살아 숨쉬는 순애보(純愛譜)다.

못 보낼 글을 적던 붓대 멈추고
하늘가 저 먼 곳에 꿈을 보내니
눈물에 젖은 글월 얼룩이 져서
가슴속 타는 불에 재가 되려네

일천자 글월이니 한방울 눈물
눈물은 내 마음의 글월이런가
글월은 내 마음의 눈물이런가
한 글사 한 눈물에 새가 되려네

오늘 같은 깊은 겨울날에는 봄바람처럼 훈훈한 인정과 쓴 이의 손때가 묻은 편지를 받아보고 싶다. 우리가 사는 콘도미니엄 지하실 우리 창고에 가면 그 옛날 45년 전 내가 검은 머리칼, 청운의 뜻을 품고 캐나다에 왔을 때 가족들과 친구들에게서 받은 편지를 모아 둔 상자가 하나 있다. 이 상자라도 꺼내서 헤쳐 보면 허기진 내 그리움이 약간이라도 위안을 받을 수 있지 않을까?

그 편지상자 속에는 내가 1966년 유학을 떠나 캐나다 밴쿠버에 왔을 때 어머님이 내게 보내신 글월도 있다. 어머님 가신 지가 올해로 35년이 되었고 편지는 그 음습한 창고 안에 그대로 있다.

(2012. 1.)

4부

세상살이의 미적분

믿음의 고착화 | 민족과 재능(才能) | 중산층
문화의 상대주의 | 징비록(懲毖錄) | 땅 | 유배(流配)
세상살이의 미적분(微積分) | 권력과 거리 | S씨의 죽음

믿음의 고착화

신문에서 본 내용이다. "우리나라 시조(始祖) 단군은 하느님의 아들인 환웅과 곰이 사람으로 변한 웅녀(熊女)와 결혼해서 탄생했다는 이야기가 실제로 있었던 일이라고 생각하십니까?"라는 한국일보가 실시한 설문조사에서 1984년 현재 우리나라 국민의 22.8%가 '그렇다'고 대답을 했고, 인구 절반에 가까운 48.5%가 '허위'라고 대답했으며, 28.7%가 '무어라 말 할 수 없다'로 대답했다고 한다.

한편, 2012년 6월에 실시한 갤럽(Gallup) 여론조사에서는 46%의 미국 사람들은 "1만 년 전에 신(神)이 현재 상태의 사람을 만들었다"는 것을 믿고 있다고 응답했다. 인류가 지나온 발자취로 보면 1만 년은 그리 오랜 세월은 아니다. 수백만 년 전부터 꾸준한 진화과정을 거쳐 오늘의 인간에 이르렀다는 인류학자들이 내놓은 방대한 자료를 생각하면 병아리 시절은 없고 갑자기 성숙한 암탉, 수탉으로 되었다는 주장. 이 허망한 주장에 절반 가까운 미국 사람들은 '그렇다'고 대답을 한 것이다.

미국의 제44대 대통령 오바마(B.Obama)는 캔자스대학교 인류학도였던 백인 여성과 케냐에서 유학 온 흑인 남성 사이에서 태어난 아들로 아버지, 어머니 모두가 하와이에서 만나 결혼을 하여 낳은 아들이다. 그런데 그가 태어난 곳이 하와이가 아니라 아프리카 대륙의 케냐(Kenya)라고 믿는 사람들이 많다. 오바마는 하와이에서 태어났다는 많은 증거 자료를 내보이고 자서전에서 까지 출생에 관한 사실을 밝혔으나 별 소용이 없었다.

그럼에도 불구하고 어느 신문기사를 보니 2012년 10월 현재 오바마가 태어난 곳은 아프리카 대륙 케냐라고 믿는 사람들이 미국 백인들의 25% 가량 되는데 최근에 그 숫자가 30%로 불어났다는 보고다. 위의 세 경우, 철석같이 믿고 있는 사람들의 공통점이 한 가지가 엿보인다. 즉 이들 모두 현안의 '문제'에 대해서는 객관적 자료나 과학적 연구 결과, 혹은 이성(理性)에 입각한 논리석 추리가 거의 없다는 것이다. 그러니 소설 같은 이야기를 열심히 믿는 사람들은 육영수 여사가 아직도 성북동 어딘가에 숨어 살다가 죽었고, 미국의 영화배우 제임스 딘(James Dean)은 남미 어디에 가서 살다가 죽었다고 믿는다.

왜 이런 현상이 일어날까? 한 가지 눈여겨 볼 것은 일단 형성된 믿음은 고착화(固着化)되는 사람들이 있다는 사실이다. 믿음의 고착화란 자기가 믿는 것이 틀림없이 사실이라고 믿는 나머지 자기의 믿음과 반대되는 증거가 나와도 오불관(吾不關), 자기가 믿고 있는 것을 아무 수정 없이 그대로 보유하고 옹호하는 성향을 말한다. 일종의 인지의 편견, 믿음의 편견이다. 이런 편견을 줄이는 데는 어떤 방법이 좋을까? "객관적으로 생각해라, 편견에 빠지지 말아라" 따위의 충고는 이 믿음의 고착화를 줄이는데 아무런 효과가 없고, "반대되는 입장에 서서 판단해 봐라" 따위의 충고는 큰 효과가 있다는 것이 밝혀졌다.

그러면 믿음의 고착화나 편견 같은 것은 우리의 일상생활을 망치는 해로운 존재인가? 꼭 그런 것은 아니다. 우리는 매일 생활에서 정확한 논리, 편견 없는 논리를 써야 살아갈 수 있는 것은 아니란 말이다. 우리 생활은 인지, 믿음의 편견이 만연하고 논리적 추리를 거치지 않는 결정이 대부분이라도 아무 탈도, 문제도 없는 경우가 십중팔구다. 예로 어떤 의사가 증세 A와 B, 그리고 C가 질병 X와 연관되어 있다는 것을 알고 있다고 생각해 보자. 때마침 자기 환자가 증세 A, B, C를 가지고 있으면 이 의사는 "이전에 이런 증세를 가진 환자를 하나 봤는데 오늘 이 환자도 증세가 같으니 바로 그 X질병 환자일 것이다."는 직감(直感)에 호소해서 X 질병이라는 진단을 내릴 것이다. 그러나 엄밀히 말해서 이런 식의 진단은 정식으로 논리적 추리과정을 통해서 내린 진단은 아니다.

(질병 X외에도 증세 A, B, C를 가진 질병도 얼마든지 있을 수 있지 않는가!) 왜 이 믿음고착화 현상은 어떤 사람에게는 많고, 또 어떤 사람에게는 적을까? 그 이유에 대해서는 추측만 무성할 뿐 아직 확인된 주장은 없다.

아무튼 사람의 믿음을 인위적으로 고착화 시킬 수 있는 세상이 왔다고 상상해 보자. 이는 사람의 믿음을 마음대로 변화시킬 수 있는 테크놀로지가 있다는 말과 마찬가지. 이런 세상이 온다면 수많은 반공(反共) 신념을 가진 젊은이들을 양성할 수 있을 테고 정부는 국방에 그다지 큰 신경을 안 써도 좋을 것이다. 그 반대로 요즈음 한창 떠드는 종북(從北)사상을 가진 사람들을 키워두면 이 사람들은 앞으로 남북평화통일에 막대한 공헌을 할 수 있지 않을까. 아, 무섭다. 이런 세상이 오기 전에 이 세상을 하직하는 것도 행복한 삶을 살아가기 위한 하나의 지혜라는 생각이 든다.

(2012. 11.)

민족과 재능(才能)

4년마다 개최국으로 선정된 나라의 도시 주최로 올림픽이 열린다. 그 올림픽에서 한국은 활쏘기 종목에서 메달을 휩쓴 지가 꽤 오래 되었다. 이제는 한국이 활 잘 쏘는 나라로 이름이 나서 한국의 코치와 선수들이 다른 나라의 코치로 초빙되어 간다고 한다.

그런데 활쏘기 뿐만 아니라 한국의 골프(golf)도 국제적으로 이름이 난 지 오래다. 특히 우수한 여성 선수들이 쏟아져 나와 국제 골프대회의 상을 휩쓸다시피 한다는 소식이다. 이름을 처음 들어보는 여성 골퍼가 무슨 국제대회에서 우승을 했다는 기사가 쉴 새 없이 신문이나 방송 스포츠난을 메우고 있다. 오는 2016년 남미 브라질에서 열리는 올림픽에서는 메달 몇 개가 우리 손에 쥐어지지 않을까.

활쏘기에서 금메달을 받은 것은 역사를 돌아보면 어느정도 이

해가 간다. 한국은 옛날부터 창(槍)과 방패로 찌르고 막는 근접전(近接戰)보다는 성을 사이에 두고 떨어져서 벌이는 원거리 싸움에 더 능해서 그 결과 활 쏘는 기술이 발달되었다는 주장이다. 또 다른 해석은 우리 민족은 젓가락을 써왔기 때문에 손놀림에 대한 남다른 기교가 발달되어 활쏘기에 능하다고 한다. 모두 그럴듯하게 들리는 말. 그러나 중국과 일본도 젓가락 문화권에 속하는 나라인데 왜 우리만 그럴까, 고개가 갸우뚱해진다.

옛날부터 우리 민족은 활쏘기에 능했던 것 같다. 중국 사람들은 우리나라를 동이족(東夷族)이라 멸시해서 불렀는데 동이족의 이(夷)자를 파자(破字: 한문 글자의 자획을 분해하는 것)하면 대궁(大弓: 큰 활)이 된다. 동쪽의 활 잘 쏘는 민족이라는 말이다. 고려나 조선 때 활쏘기는 무과(武科)는 물론이고 문과(文科)에서도 빠져서는 안 될, 남자로서 갖추어야 할 필수적인 종목으로 여겼다. 아무리 책과 더불어 사는 선비라 할지라도 활쏘기만큼은 어느 정도 실력을 가져야 한다는 말이다.

이렇게 말하고 보면 각 민족마다 잘하는 장기랄까 특기라는 게 있는 모양이다. 유대인(Jew)들은 지적(知的) 분야에 뛰어난 성취를 보여주는 것 같다. 노벨상 수상자를 가장 많이 배출한 민족이 유대인이라는 사실이 하나의 증거라 할까. 지금까지 노벨상을 받은 사람은 모두 300명 정도인데 그 중 약 1/3에 해당되는 93명이 유대인이다. 그 중에서 경제학상을 받은 사람이 제일 많고 의학,

물리학이 그 다음, 문학상을 받은 사람은 극히 적다. 경제학자 마르크스(K. Marx), 정신분석을 창시한 프로이드(S. Freud), 화가 샤갈(M. Chagal), 물리학자 아인슈타인(A. Einstein) 같은 사람들이 모두 유대인이다.

지적 성취라고 보기에는 약간의 문제가 있긴 하지만 미국의 변호사 70만 명 중 20%에 해당하는 약 14만 명이 유대인이고, 뉴욕시의 중고등학교 교사의 50%가 유대인이라는 보고가 있다. 하버드나 프린스턴 같은 미국 명문 사립대학의 교수 중 25~35%가 유대인이고 그 대학의 총장 등 주요 행정직의 90%는 유대인이다.

유대인이 어떻게 해서 이렇게 놀라운 지적 두각을 나타내게 된 것인가? 이에 대한 설(說)은 구구하다. 그 중 가장 신빙성이 가는 주장은 유대인들의 앎(지식)에 대한 애착이랄까 존경이다. 유대인은 무엇이든, 쓸모가 있든 없든, 알려고 애쓰는 행동 그 자체가 가치가 있다고 생각하는 태도이다. 다른 말로 하면 앎 그 자체를 추구하는 것이 가장 뜻있는 삶이며 신(神) 앞에 의무를 다했다고 보는 생각이다. 아무런 지적(知的) 자극이 없는 환경이 오랫동안 계속되다보면 생리적으로는 아무 이상이 없는 정신지체아가 나올 확률이 높다. 반대로 지적 과제에 대한 강한 애착과 호기심이 수천 년 계속되다 보면 뛰어난 지적 능력을 가진 사람들이 나올 확률이 높은 것이다.

우리는 유대인이 갖는 정도의 지적 과업에 대한 열정은 없는 것 같다. 학교에서 공부를 열심히 하는 것은 앎에 대한 호기심 때문이기도 하지마는 좋은 직장을 얻고 출세하기 위해서가 주 목적인 것 같다. 그러니 앎을 추구하는 생활을 열심히 했을 때 거기에 만족하지 않고 그 무엇을 더 요구한다. 그 무엇의 예는 배짱이나 수단 같은 것이다.

한국에서 유대인을 부러워하는 사람들이 늘어간다. 우리도 하루 빨리 유대인처럼 교육개혁을 해서 노벨상을 받아야 한다는 소리가 점점 커진다. 한국 어느 대학에서는 그 대학교 출신이 노벨상을 받게 되면 수상자의 동상(銅像)을 만들어 갖다 얹을 받침대가 마련돼 있다는 소문을 들었다. 쓴 웃음을 짓지 않을 수 없다. 노벨상이란 오랜 세월에 걸친 학문적, 지적 노력의 결산이지 학문의 목적은 아닌 것으로 안다. 이렇게 성급한 마음으로 상을 노리고 학문을 하다가는 동상 받침대가 주인공을 만날 날이 몇 십 년 더 늦어지지나 않을까 걱정된다.

(2013. 3.)

중산층(中產層)

예로부터 사람들이 이 세상에 태어나서 죽을 때까지 간절히 바라는 희망사항 다섯 가지를 가리켜 오복(五福)이라 한다. 적어 보자. 첫째 수(壽), 오래 사는 것, 둘째 부(富), 물질적, 금전적 풍요, 셋째 강령(康寧), 신체적, 정신적 건강, 넷째 유호덕(攸好德), 어진 덕을 쌓는 것, 다섯째 고종명(考終命), 명대로 살다가 편안히 죽는 것, 다섯 가지다.

젊은이와 늙은이, 남자와 여자, 살고 있는 시대와 장소에 따라 약간의 차이는 있겠지만 이 다섯 가지 중에서 가장 중요한 것 두 가지만 꼽으라면 수(壽)와 부(富)가 되지 싶다.

우리 한국 사람들의 부(富) 혹은 금전에 대한 관심은 세계 어느 나라 국민보다도 더 크고 치열하지 않을까. 사람들은 어딜 가나 돈 애기다. 돈, 돈, …, 돈, 돈. 생활 전체가 돈 중심으로 짜여 있다는 느낌이 든다. 돈은 사람됨을 말해주는 척도. 돈이 없으면 사람대접을 못 받는다. 유대인의 돈에 대한 금언, "인간이 동물과 다른 것은 돈 걱정을 하는 것이다. 돈 걱정을 하는 동물은 없다."라는 말이 가장 환영받는 곳이 한국이지 싶다.

한국에서는 돈을 모으는 방법은 별 문제가 되지 않는다. 구태여 정당한 방법일 필요는 없는 것 같다. 사기(詐欺)를 쳐도 좋고, 뇌물을 긁어모아도 좋고, 액수가 클 경우 훔쳐도 좋다. 한국에서 정치를 하는 사람들은 주로 뇌물과 사기에 의존하는 것 같다. 예로 수천 억의 돈을 비정상적인 방법으로 긁어모은 죄로 감옥살이까지 한 어느 전직 대통령의 아들이 그 애비의 도움으로 국회의원에 출마하려고 애쓰던 젊은이가 있었다. 이것을 보면 그 큰 돈을 갈취한 사람 자신은 물론, 그 광경을 방송, 언론을 통하여 지켜보던 사람들도 그것이 나쁜 행동이라고 보질 않는 모양이다.

그런데 하루는 아내가 자기 앞으로 온 전자통신인데 한 번 보라고 내미는데 보니 재미있는 기사 하나가 눈에 띄었다. '세계 각국의 중산층 기준'이라는 제목 아래 한국, 프랑스, 영국, 미국의 중산층 기준이 무엇인가에 대한 자료였다. 인용해 보자.

직장인 대상 설문조사로 뽑았다는 한국의 중산층은 첫째 부채 없는 아파트 30평 이상 보유, 둘째 월급 500만 원 이상, 셋째 자동차 2,000cc급 중형차 소유, 넷째, 예금액 잔고 1억 원 이상 보유, 다섯째, 1년에 한 번 정도 해외여행을 가는 것 등이다.

한편 대통령 퐁피두가 규정한 것으로 알려진 프랑스의 중산층은 첫째 외국어를 하나정도 할 수 있고, 둘째 직접 즐기는 스포츠가 있고, 셋째 다룰 줄 아는 악기가 있고, 넷째 남들과는 다른 맛을 낼 수 있는 요리를 만들 수 있어야 하고, 다섯째 약자를 도우며 봉사활동을 해야 하는 것이다.

옥스퍼드대학에서 제시했다는 영국의 중산층 기준은 좀 색다르다. 첫째 페어플레이(fair play: 공명정대한 행동)를 할 것, 둘째 자신의 주장과 신념을 가질 것, 셋째 독선적으로 행동하지 않을 것, 넷째 약자를 두둔하고 강자에 대응할 것, 다섯째 불의, 불법에 저항할 것 등이다.

마지막으로 미국의 공립학교에서 가르치는 중산층의 기준은 첫째 자신의 주장에 떳떳하고, 둘째, 사회적인 약자를 도우며, 셋째 부정과 불법에 저항하며, 넷째 정기적으로 구독하는 잡지나 비평지가 있을 것이다.

'중산층'이라는 말이 본래 그 나라의 문화와 국민성을 말해주는 것이니 나라마다 기준이 다른 것은 어쩔 수 없다. 어느 나라건 공립학교에서 학생들에게 가르쳐 주려는 가치가 그 나라 중산층의 가치가 아니겠는가. 아내가 보여준 자료에 의하면 다른 나라에 비해 한국의 중산층은 미(美)적, 예술적, 문화적, 사회적, 윤리적 요소에는 관심이 없고 오로지 물질적, 금전적인 관심뿐이다. 인생이란 물질적, 금전적 풍요를 누리다가 가는 것, 그저 넉넉한 공간에 살며 좋은 자동차를 굴리고 가끔 바다 밖 바람이나 쐬고 오면 더 바랄게 없는 것. 이렇게 보면 한국의 박정희는 말할 것도 없고, 소련의 스탈린(J.Stalin), 독일의 히틀러(A.Hitler)도 모두 나라 경제를 일으켜 세운 사람들이니 좋은 지도자들이다.

조선 500년 동안 강조되어 오던 유교의 인(仁)과 절제, 검약사상은 그 흔적조차 찾아 볼 수 없는 형국이 되었다. 어느 나라건 공립학교에서는 그 나라 중산층의 가치를 가르치는 곳. 우리가 학교를 다닐 때는 '부지런히 일해라' '약자를 도우라' '질서를 지키는 시민이 되라' 따위는 귀가 따갑도록 들었다. 다 어딜 갔는가? '좋은 집과 좋은 자동차'같은 가치에 대해서는 들어보지도 못했다. 이 배우지도 않은 항목 하나를 두고 이렇게들 극성이다.

(2012. 12.)

문화의 상대주의

언제부터인지 정확히 생각나지는 않으나 '문화의 모자이크(mosaic)'니 '문화의 용광로(melting pot)'니 하는 말들이 나돌던 생각이 난다. 아마 내가 유학을 오고 나서 곧 이민이 시작될 무렵이었지 싶다. 이런 말들의 요점은 지금까지 다른 문화권에 살던 사람이 캐나다나 미국으로 이민을 왔을 때 그들이 살고 있던 사회의 문화를 그대로 지키면서 캐나다 문화에 모자이크 조화를 이룰 것인가 아니면 용광로처럼 미국이나 캐나다 주류문화에 흡입 용해 될 것인가를 가리키는 말이다.

'문화의 상대주의'란 말이 있다. 즉 어떤 문화든 그 문화 속에서 살고 있는 구성원들은 자기 문화가 자기들에게 가장 합당하고 이상적인 것으로 생각한다는 말이다. 문화를 동양문화와 서양문화 둘로 나누었을 때 동양문화권에 사는 사람들은 그들의 동양문화가 제일 합당한 것으로, 서양문화권에 사는 사람들은 그들의 서양문화를 가장 합당한 것으로 생각한다는 것이다. 그야말로 '제 눈에 안경이란 말'. 그러니 극단적인 문화 상대주의에서는 야만, 미개발, 원시적이니 하는 말은 있을 수가 없다. 현대문명을 모르고 수천 년 전에 살던 방식 그대로 아마존 밀림 속에서 사는 사람들도 그들로서는 가장 합당한 문화로 생각하는 사조(思潮). 그러니 문화의 보편주의는 물 건너간 지 오래다.

미국의 사회심리학자 니스벳(R.Nisbett) 교수가 쓴 〈생각의 지도(The Geography of Thought)〉라는 책에 의하면 의학이 발달해 온 것을 보면 문화의 상대적 의미가 잘 나타난다. 서양의학은 수천 년을 내려온 서양문화의 분석적 사고라는 전통을 기반으로 병(病)든 신체부위를 찾아내서 그 부분을 떼어내서 치료를 하며 발달한 의술이다. 그래서 몸을 각 부위별로 떼어내어 들여다보는 해부학은 고대 희랍부터 오늘날까지 내려오는 오랜 전통. 이에 비해 종합적 사고를 중시하는 동양문화에서는 병(病)이란 사람 몸 안에 있는 여러 기관들의 상호 균형 유지를 못하는데서 오는 것으로 보기 때문에 각 기관의 균형을 잡아주는 것이 곧 병을 치료하는 것이다. 그러니 동양문화에서는 신체의 전반적 기능을 활발하게 해주는 보약(補藥) 개념은 있어도 사람의 신체 부위를 떼어내서 들여다보는 해부학(解剖學) 개념은 거의 없었다.

겉으로 보기에는 별 의미가 없는 작은 일도 알고 보면 그 사회의 핵심문화를 반영하고 있을 때가 있다. 예로, 니스벳의 연구를 따르면 미국은 일본보다 몇 십 배 더 변호사를 선호하는 것으로 보고되어 있다. 미국 같은 개인주의 사회에서는 개인 간에 갈등이 있으면 법정에서 재판으로 해결되지만 한국 같이 구성원 간에 조화를 중요시하는 집단주의 문화에서는 법적 대응보다는 타협과 양보로 갈등을 해결하는 것이 사회적으로 칭찬받는 갈등 해소 방식이다. 서양에서는 정의의 실현이 구성원 모두가 추구해야 할 이상임과 동시, 선과 악은 구별되어야 하며, 어떤 갈등에서나 이긴 자와 진 자가 있다. 그러나 동양에서는 이겨도 진 것이요 져도 이긴 것이라는 논리적으로 혼란스런 결과도 받아들이는 사회. 사회의 구성원들 사이에 문제가 생길 때는 이긴 자와 진 자를 가리기 보다는 갈등을 해소하는 것이 최우선 과제이다.

동서 문화를 비교할 때 궁금한 생각이 드는 점 하나가 있다. 왜 한국 같은 동양문화에서는 대중과는 다른, 불협화음을 내는 사람들에게 신경과민에 가까운 반응을 보일까하는 것이었다. 이들에 대한 사회의 시각도 결국 개인의 권리를 바라보는 동서양의 시각 차이에서 나온 것이라는 생각이 든다. 서양에서 개인은 어디까지나 독립적인 존재이고, 이 독립적인 개인이 다른 개인과 사회와 사회적 계약을 맺고 그 계약 속에 개인의 권리, 자유, 의무 등이 포함되어 있다고 생각한다.

그러나 동양문화에서는 국가를 하나의 거대한 유기체로 생각하기 때문에 개인의 고유한 권리는 별 의미가 없고 다만 전체를 구성하는 부분으로서의 개인만 확대 존재한다. 집단의 구성원으로 조화를 이루는 일이 중요하지 개인의 고유한 권리는 그다지 중요한 게 아니다. 그러니 불협화음을 내는 사람은 사회 전체의 조화를 방해하는 사람들, 고로 제재(制裁)가 마땅하다는 생각이다. 박정희 군사정권 때 범죄행위를 저지른 것도 아닌데 사회에 불협화음을 낸 사람, 남과 다르다는 이유로 사람들을 잡아가던 것을 본 것이 생각이 난다. 나도 모처럼 한국에 나갔다가 종로 2가 길거리에서 파출소로 연행된 적이 있다. 내 머리가 너무 길다는 이유였다. 색다른 것을 용인하지 못하는 것은 많은 경우 개인의 권리를 인정하지 않겠다는 것과 마찬가지다.

동양과 서양의 두 대조적인 문화는 앞으로 어떻게 될까? 의견이 분분하다. 서양문화의 지속적인 우세를 점치는 주장, 문화의 차이는 앞으로도 계속 될 것이라는 주장, 하나의 융합된 문화가 나올 것이라는 주장, 각양각색이다. 물론 각 진영에서는 내로라하는 학자들이 포진하고 있다. 여기에 내 생각을 말하라면 나는 두 번째 주장, 즉 차이는 앞으로도 계속될 것이라는 것을 지지한다. 융합된 새 문화가 자리를 잡자면 정치, 사회, 경제구조 등 모든 사회 체제의 변화가 선행(先行)되어야 한다. 체제가 바뀌지 않는 문화의 융합이란 지속되기 어렵다는 게 나의 지지 이유이다. 내가 죽고 천 년 세월이 흘러 백골이 진토되고 난 그때쯤이면 어느 정도 판가름이 나지 않을까? (2013. 2.)

징비록(懲毖錄)

≪징비록≫이란 1592년 4월 임진왜란이 일어나자 당시 좌의정으로 선조를 모시고 의주까지 피난을 갔다 와서 일선에서 전투도 지휘하고 온갖 전쟁이 주는 화(禍)를 몸소 겪은 서애(西厓) 류성룡이 한문으로 쓴 회고기다. ≪징비록≫의 징(懲)은 징계할 징, 비(毖)는 삼갈 비이니 징비(懲毖)는 "나의 지난 잘못을 반성하여 후환이 없도록 삼간다(予其懲而毖後患)"는 시경에서 따온 말이다.

내가 ≪징비록≫이라는 이상한 이름의 책이 있다는 것을 안 것은 고등학교 국사시간을 통해서다. 대학입시를 위해서는 징비록-류성룡, 동사강목-안정복, 어우야담-유몽인, 흠흠신서-정약용, 반계수록-유형원 등 책 이름과 저자의 이름을 연상하는 것이 그 당시 입학을 위한 필수적 지식이었다.(얼마나 외웠으면 아직도 입에 익어서 자연스레 나올까!) 무슨 책인지, 왜 썼는지에 대해서는 알 필요가 없는 수박 겉핥기의 지식—.

1592년 4월 13일 고니시 유키나가(小西行長), 가토 기요사마(加藤淸正), 구로다 나가마사(黑田長政) 등이 이끄는 왜군 15만 명이 부산 앞바다에 나타났다. 우리가 말하는 임진왜란이 시작된 것이다. 당시 쉰 한 살의 서애는 좌의정으로 벼슬살이를 하고 있었다. 왜구는 부산성, 동래성을 차례로 집어 삼키고 18일 만인 5월3일 서울에 도착하였다. 이렇게 나는 듯이 빨리 서울에 올 수 있었던 것은 전국이 무방비 상태였다는 말이다. 선조는 황급히 서울을 버리고 칠흑 같은 밤에 사정없이 퍼붓는 비를 맞으며 임진강을 건너 피난을 갔다. 이때 왕을 따르는 무리들은 서애를 포함하여 백 명도 채 안되었다고 한다.

왕이 대궐을 떠나 피난길에 오르자 고된 노동과 신분적 멸시에 시달렸던 노비들이 노비문서를 보관하는 창고는 물론, 다른 건물에도 불을 질러 솟아오르는 불길은 하늘이 불타는 것 같았다고 한다. 일본 측 기록에도 왜군이 한강을 건너기도 전에 왕궁이 불타는 것으로 하늘이 붉더라고 적혀있다.

서울을 떠나 북으로 도망가는 임금을 보고 밭에서 일하던 어떤 농부 한 사람이 울부짖으며 "나라님이 우리를 버리고 가시면 우리들은 누굴 믿고 살아야 합니까?" 하고 화가 난듯 소리치더라는 것이다. ≪징비록≫을 풀어 쓴 박준호 교수에 의하면 이 말은 정말 밭에서 일하던 농부가 임금의 행렬을 보고 한 말이라기보다는 서애 생각이라는 것. 즉 백성들과 합하여 결사항전의 의지를 보이지 못하고 허겁지겁 도망치기에 바쁜 겁보 임금에 대한 서애의 못마땅함을 이 농부를 등장시켜 간접으로 표현했다는 것.

선조는 피난 중에 좌의정으로 있던 서애를 영의정으로 임명했다가 그날로 다시 해임했다. 하루 만에 승진-파직이 된 서애는 한동안 아무 직책 없이 임금을 호송하였다. 비록 아무 직책도 없는 신분이었지만 그는 최전선에서 병사들과 함께 묵묵히 전쟁을 이끌어 갔다. 이 같은 서애의 백의종군은 시기와 모함으로 직위를 박탈당하고 감옥살이까지 하다가 백의종군 하여 애국을 행동으로 보여준 충무공 이순신과 같다.

서애는 ≪징비록≫에서 하느님이 조선을 두 번 도와주었다고 했다. 첫 번째는 평양을 점령한 왜군이 무슨 일인지 당분간 북상을 하지 않음으로써 명(明)나라의 원군이 올 시간을 번 것이고, 두 번째는 이순신이 한산도에서 왜의 수군을 크게 격파시킴으로써 조선 해안 지역과 전라도 곡창지대가 온전하게 되어 군량미 조달이 가능했다는 것이다.

선조 37년 임진왜란에 대한 논공행상을 내릴 때 문신 공신은 86명인데 비해 왜군과 직접 싸운 무신 공신은 18명에 불과했다. 86명의 문신 공신 중에는 내시가 24명, 선조의 말을 관리하던 사람들이 6명이나 되었다. 선조는 이순신처럼 목숨을 바쳐 왜구와 싸운 사람보다는 자기 옆에서 시중들어 주고 보살펴 주는 내시가 임진왜란에 더 큰 공을 세운 사람들로 본 것이다.

이때 서애는 1등 공신에는 못 오르고 겨우 2등 공신에 올랐다. 어처구니가 없는 일이다. 그러나 그는 이에 대해 불평 한마디 없었다 한다. 공신으로 지명된 사람들의 얼굴을 그려주는 화공(畵工)이 서울에서 내려왔을 때 그는 영정을 그리지 않고 조용히 그를 돌려보냈다.

난리가 끝나고 임금 선조는 피난 중에 자기 옆에서 묵묵히 자기를 보좌해 주고 윤두수, 이항복 대신들과 함께 전쟁에 관한 일을 신속, 유능하게 처리해주던 서애가 그리웠다. 왕은 몇 번이나 선물을 보내고 사람을 보내어 서울에 와서 자기를 보필해 달라고 애원했다. 그러나 서애는 응하지 않고 고향에 있는 옥연정사(玉淵精舍)에서 조용한 나날을 보냈다. 서애는 청백리(淸白吏)였다. 그가 죽었을 때 장사지낼 돈이 없어서 주위 사람들이 십시일반 거두어 주었다고 한다.

우리 부부가 사는 방 2개가 있는 콘도미니엄 서재에는 내가 10여 년 전 서울 상남 어느 화랑에 들렀다가 사들고 온 하회 병산서원의 만대루(晩對樓)를 그린 큰 판화가 하나 걸려 있다. 만대루 좌우로는 서애의 시(詩) 두 수가 걸려있는 홍선웅 님의 작품이다.

지는 달은 희미하게 먼 하늘로 넘어가는데

까마귀 다 날아가고 가을 강만 푸르네

……

두 해 동안 전란 속에 떠다니느라
온갖 계책 지루하여 머리털만 희었네
서러운 눈물 끝없이 두 눈에 흘리며
아스라한 난간 기대어 북극만 바라보네

오늘 나는 ≪징비록≫을 읽었다기보다는 서애 류성룡이란 사람을 만나 술 마시며 웃고 밤이 늦도록 이야기를 나누다 방금 돌아온 것 같은 기분이 든다.

(2012. 4.)

땅

태조 이성계가 조선을 건국할 때는 고려의 명망 있는 일개 무장에 지나지 않았다. 왕건이 474년 전에 개국한 고려는 임금이 34번 바뀌면서 썩을 대로 썩어서 바야흐로 온 나라에 망국의 먹구름이 짙게 깔려있을 때였다. 무장으로서, 싸움터에서 떨친 개인적 인기와 정도전, 조준 같은 당대의 지성인들과 교분을 맺은 이성계는 고려를 멸망시키고 새 나라를 세울 야망을 키우고 있었다. 나라를 창건하기 위해서 무엇보다도 앞서야 할 것은 백성들을 자기 편으로 끌어들이는 것이었다. 어떤 길이 가장 빠른 길일까? 이성계의 참모 정도전과 조준들이 내놓은 답은 토지개혁 네 글자였다.

고려 말에 이르러 백성들 대부분은 농사를 지을 땅이 없기 때문에 먹고 살기가 어려웠다. 극소수의 권문세가들이 거대한 농토를 차지하고, 살아갈 방책이 없는 백성들은 소작인 아니면 노예가 되어 일 년 내내 허리가 휘도록 일해 봤자 처자식 먹여 살리기조차 힘들었다.

오늘처럼 농사 이외에 금융제도가 발달한 것도 아니고 농사가 경제의 전부를 차지하던 시절, 나라 경제는 엘리트 권문세가들이 차지하고 있으니 춥고 배고픈 백성들의 불만과 원성은 하늘에 닿았다. 이 불만을 기회로 이용한 이성계는 정도전, 조준 등의 참모들이 건의한 토지개혁을 부르짖고 실행에 옮기기로 결심한 것이다.

이색을 중심한 보수파들의 토지 해결책은 주인이 둘, 셋이나 되는 중복된 땅을 지주들이 합리적으로 재분배하자는 것이고 정도전을 중심한 개혁안은 일단 모든 토지를 국가가 몰수해서 공전(公田)을 만들어 백성들에게 나누어주자는 혁신적인 생각이었다. 1391년 이성계는 공양왕으로 하여금 과전법(科田法)을 공포케 하였다. 과전이란 국가에서 관리들에게 주는 토지를 의미한다. 그러나 토지의 소유권이 아니라 수조권(收租權), 즉 토지에서 나오는 세금을 받을 권리를 준 것이다.

이 토지개혁이 어느 정도 성공함으로써 이성계는 백성들의 찬사와 신임을 한 몸에 받았다. 이성계만큼 백성을 생각해 주는 사람은 없다는 게 백성들의 생각이었다. 곧 토지개혁에 반대했던 위화도 회군의 동지 조민수와 문신 이색 등은 쉽사리 제거되고 세상은 바야흐로 이성계 일당의 놀이터가 되었다. 그러니 애당초 이성계의 조선 개국은 땅, 즉 토지를 두고 신흥세력과 기득권 세력이 서로 밀고 당기는 줄다리기로 시작된 것이다.

이성계를 위시한 정도전, 조준 등이 토지개혁을 부르짖던 그 땅은 600년이 넘은 오늘날에도 예나 지금이나 변함이 없다. 다만 그 땅 위에서 일어난 것은 이성계는 꿈에도 상상 못할 놀라운 것들이다. 우선 고층 아파트와 콘도미니엄, 상가가 들어서고, 콩, 보리, 감자를 심던 그 땅에는 고속도로와 기찻길이 나고 그 위로 자동차와 기차가 달린다. 각종 상품을 만들어 내는 공장들이 들어서고 상점과 돈을 관리하는 은행들이 들어섰다. 농사를 지을 사람들은 물론 농사를 지을 땅도 많이 줄어들었다. 이제는 농사를 지을 수 있는 땅을 얼마나 가지고 있느냐 하는 것이 부자(富者)의 척도가 아니고 돈 되는 땅을 얼마나 가지고 있느냐가 부자의 척도란 말이다. 요컨대 돈이다.

땅을 갈아 농사를 지어 온 식구들이 먹고 살던 생활방식은 오늘날까지 우리 문화에 지울 수 없는 흔적을 남겼다. 구체적으로 말하면 오늘 우리의 집단주의(collectivism) 문화도 이 농사를 짓던 생활양식 때문에 형성되었다는 말이다. 그러니 우리 사회의 땅에 대한 애착과 집착은 남다르다. 땅도 그냥 땅이 아니요 '정든 땅'이다. 정든 땅, 정든 산천, 정든 사람들을 작별하고 살 길 찾아 딴데로 가는 것은 가엾고 슬픈 일이다. "정든 땅 언덕 위에 초가집 짓고…"하는 대중가요를 부를 때 얼굴표정들을 보라. 농사를 지으며 거의 평생을 두고 아침저녁 얼굴을 맞대고 살던 사람들과 헤어진다는 것은 눈물이 앞서는 설움. 이런 문화 속에서 자란 우리 세대는 정(情)을 그리워하고 정에 매달린다.

이성계가 토지개혁을 할 당시 거대한, 실로 거대한 농토를 소유하고 있는 사람을 가리켜 농장(農莊)주라 했다. 오늘 이 농장주에 가장 가까운 시쳇말은 무엇일까? 내 생각으로는 재벌이란 말이지 싶다. 재벌은 현금과 기타 부동산을 억수로 가지고 있는 사람들이다. 대한민국 인구의 1%도 안 되는 극소수가 절반 이상의 자산을 가지고 있다는 주장이 있다.

거대한 재산을 가지고 있다는 점에서 농장주와 재벌은 같다. 그러나 재산 형성 과정이 서로 다르다. 옛날 농장주는 백성을 착취해서 거의 빼앗다시피 해서 모은 토지이지만 오늘날의 재벌은 대부분이 경영의 미를 살려 합법적으로 모은 재산이다. 비합법적으로 모은 돈도 억수로 많은 돈을 모았을 때는 합법적으로 모은 것이 된다. 사람들은 그 재벌 밑에 우글거린다. 참으로 희한한 사바세계—. 게다가 현대의 재벌은 시민들을 착취하기 보다는 먹여 살린다. 경제를 일으킨 사람이 저지른 5·16쿠데타를 구국혁명이라고 하는 사회니 먹고 살게만 해주고 나라 경제만 일으켜 준다면 독재고 살인이고 뭣이 문제랴.

한 가지 재미있는 것은 대한민국 대통령이 되겠다고 나서는 사람마다 농장주에서 오늘날의 재벌로 이어오는 부(富)의 전통을 고쳐놓겠다고 야단들이다. 자신도 재벌이면서—. (2012. 8.)

유배(流配)

유배(流配)란 귀양살이의 다른 말이다. 김민선이 쓴 귀양에 관한 책 「유배」를 보면 「조선왕조실록」에 나타난 유배지는 모두 408곳. 이 중 경상도가 81곳으로 가장 많고, 전라도는 74곳, 충청도는 70곳이다. 한편 유배 횟수는 전라도가 915회로 가장 많고 경상도는 670회, 충청도는 320회라고 적혀있다.

전라도, 경상도, 충청도로 유배를 간 사람들을 모두 합하면 1,900명이나 된다니 엄청난 숫자로 보인다. 그러나 그것이 조선왕조 519년 동안 이루어진 귀양이라고 생각하면 그리 놀랄 일은 아니다. 백사(白沙) 이항복처럼 남쪽이 아니라 함경도나 평안도 북쪽 지방으로 유배를 간 사람들도 있다는 것을 생각하면 숫자는 더 불어날 것이다. 유배 형벌이 가장 많던 때는 사화(士禍)가 시작된 연산군의 조선 중기와 당파싸움이 그 절정에 이르던 숙종, 영조 조의 조선 후기임을 생각하면 꽤 많은 숫자로 봐야 할 것이다. 김민선은 조선의 고등관리 넷 중 하나는 유배를 간 적이 있다고 추정하였다.

내 서가에 꽂혀있는 유배에 관한 책 두 권, 김민선의 「유배」와 이종묵의 「절해고도…」를 보면 유배 길에 오른 사람들은 사족(士族) 신분의 선비, 아니면 당대의 석학, 고등관리, 왕족들이 대부분이다. 사화에 희생된 사람들 중에는 안부편지 한 번 보냈다가 역모죄에 걸려든 사람도 있다. 철저한 연좌법(連坐法)으로 아무런 혐의가 없는데도 유배형에 처해졌으니 억울하기 짝이 없는 누명을 쓰고 천추의 원(怨)과 한(恨)을 품은 채 유배지로 실려 간 사람이 많다.

내 죽어 뼈가 재가 될지라도
이 한(恨)은 정녕 줄지 않으리
해와 달이 빛을 잃어 연기가 되어도
이 한은 맺히고 더욱 굳어져
세월이 흐를수록 굳어지리라
(我死骨爲灰 … 彌久而彌强)

남편이 참형을 받을 것이라는 거짓 소문을 듣고 먼저 목을 매달아 자결한 부인을 애도하는 이광사의 절규다. 당시 사람을 얽어매는 가장 쉬운 방법은 역모혐의를 뒤집어씌우는 것이었으니 오늘날 빨갱이 혹은 공산주의자로 몰아세우는 것과 같다.

유배객들 중에서 땅이 꺼질 듯한 절망과 끓어오르는 분노와 슬픔으로 삶의 의지가 완전히 꺾인 사람들도 있고 사흘 밤낮을 울어도 사그라지지 않을 원한, 쌓인 울분을 토하는 슬픈 시(詩)를 남긴 유배객들도 많다. 한편 유배 환경을 슬픔과 탄식으로만 끝내지 않고 하나의 기회로 삼아 학문이나 예술에 열중하여 큰 업적을 남긴 사람도 있다. 대표적인 예가 전라남도 강진에 18년 유배생활을 하며 수십 권의 저서를 남긴 다산(茶山) 정약용과 흑산도에서 15년 귀양살이를 하며 물고기의 생태를 조사하여 「현산어보(玆山魚譜)」라는 책을 쓴 정다산의 형 정약전, 서예가요 금석학의 대가 추사(秋史) 김정희, 신지도에서 15년 귀양살이를 하며 동국진체라는 서법(書法)을 완성했으나 뭍에는 발을 내려놓아보질 못하고 죽은 조선의 명필 원교(圓嶠) 이광사를 꼽을 수 있다.

유배에는 얼마나 있으면 자유의 몸이 되는지 정해진 기간이 없다. 어제 귀양을 왔는데 오늘 해금(解禁)이 될 때가 있고 10년, 20년 한 곳에 유배를 살다가 또 다른 곳으로 유배지를 옮기는 경우도 있다. 모두가 임금님의 마음에 달린 것. 언제 풀려나는 지가 전적으로 임금한테 달린 상황이니 임금을 그리워하는 시(詩)나 글을 써서 임금의 마음을 돌려보려고 하는 사람도 있다. 이의 대표적인 유배객으로 송강(松江) 정철을 꼽을 수 있다. 어떤 현대문인

중에는 그를 아첨 문학의 대가라고 비꼬는 이도 있다. 재정적 배경이 든든한 사람은 유배동안 비교적 편안한 유배생활을 하는 이도 있다. 예로 정다산은 주머니가 든든한 외가(고산 윤선도의 해남 윤씨 종가) 덕분에 비교적 호화롭고 자유스런 유배를 할 수 있었다는 것이다.

유배생활을 하는 사람들은 시(詩)로 억울함을 토하고 시로 한(恨)을 풀고, 시로 육지에 두고 온 처자식을 그리워했다. 유배자들의 꿈은 대부분이 유배에서 풀려난 후 누리는 자유였을 것이다. 자기를 유배길에 보낸 사람들에 대한 보복을 꿈꾸기보다는 어릴 때 뛰놀던 동산과 들판을 그리워하고 유배에서 풀려나면 강 언덕에 정자를 짓고 시 읊고 글 쓰는 한적한 생활을 꿈꿨을 것이다. 마음 내키는 대로 오지도 가지도 못하는 매인 이들에게 고향은 하나의 피난처요 살겠다는 처절한 몸부림의 원동력이 되는 것이다.

(2012. 12.)

세상살이의 미적분(微積分)

이 세상에 태어나서 세상살이를 하고 있는 사람들은 모두가 자기 자신에 대해 일종의 착각을 한다. 여기서 말하는 착각이란 그 범위가 퍽 넓은 것으로 자기 분수(처지나 현실)에 넘치는, 비(非)현실적이라는 말이 어울릴 정도의 갖가지 야망이나 희망, 혹은 꿈도 포함된다. 예로, 나이 60인 어느 고위공직에서 은퇴한 사람이 '값 비싼 새 자동차를 하나 살까한다'고 했을 때는 그 목적달성이 비교적 쉽고 도달 가능성이 높으니 많은 경우 새 자동차를 샀는다는 것은 희망이요 꿈이다. 그러나 같은 나이에 연금으로 힘겹게 살아가는 사람이 '값 비싼 새 자동차를 하나 살까한다'라고 한다면 그 목표가 지금 처한 그의 현실과 너무 동떨어져 있으니 비현실적이라 할 수 밖에 없을 것이다. 그러니 희망과 공상을 구별하기 위해서는 그가 놓인 처지와 목표를 저울질해봐야 한다.

테일러(E. Taylor) 교수 같은 인지심리학자들에 의하면 사람은 타고 날 때부터 자기 자신의 성격을 무조건 좋게만, 긍정적으로 보려는 경향이 있다고 한다. 예로 친절이나 정직성 같은 덕목에서는 남들이 자기를 보는 것에 비해 자기는 훨씬 더 많이 가진 것으로, 거짓말이나 사기성 같은 부정적 특성에 있어서는 남들이 자기에 대해서 생각하는 것보다 자기는 훨씬 더 적게 가진 것으로 생각한다는 말이다.

둘째 자기 주위에 일어나는 일들을 통제(control)할 수 있고 이들 일에 영향을 줄 수 있다고 너무 자신하는 것도 많은 경우 착각이다. 자동차 사고나 질병에 걸리는 것 같은 부정적 사건이 일어나는 데 자기가 통제할 수 있는 부분은 사실상 얼마 되지 않는다. 그런데도 자기는 이들이 일어나고 일어나지 않는 것을 통제할 수 있다고 생각하는 것은 착각이다.

셋째 자기 앞에는 좋은 일은 남들보다 더 많이, 나쁜 일은 남보다 더 적게 일어날 것이라고, 한 마디로 내 앞에 일어나는 모든 일은 금빛찬란한 경사뿐이라고 생각하는 것도 착각이다. 이런 착각은 이 세상에 몰아치는 비바람에서 '나[ego; 自我]를 외부의 위험에서 막아주고 감싸준다는 의미에서 '긍정적 착각'이라고 부른다. 이들 심리학자들에 의하면 정상적인 사람일수록 이런 류의 착각을 많이 하고 우울증이나 정신적으로 건강하지 못한 사람들은 이런 착각이 적다고 한다. 전통적으로 내려오는 정신의학에서 정신적으로 건강한 사람의 모델은 착각을 적게 하고 자기가 남에게 어떻게 보이는지를 정확하게 알고, 이를 받아들이는 것이었는데 건강한 사람은 건강하지 못한 사람보다 자기를 끌어올리는 쪽으로 착각을 더 많이 한다니 퍽 놀라운 주장이다.

지나친 착각은 기회를 놓치게 한다. 자기의 능력에 도취해서일까 긍정적 착각을 많이 하는 사람들은 기회가 왔을 때 그것을 잡지 못하고 놓쳐 버려 화를 당하는 경우가 있다. 이런 경우는 역사책을 훑어보면 헤아리기도 어려울 만큼 자주 눈에 띈다. 이덕일 교수가 지적한 몇 사람을 소개해 보자.

고종의 생부(生父)요 민비의 시아버지인 흥선대원군 이하응도 착각 때문에 그의 인생을 망쳤다. 그는 12살 어린 나이에 갑자기 왕위에 오른 아들 고종이 성인이 되었을 때 임금 아버지로서의 권력을 더 이상 행사하지 말고 조용히 뒤로 물러났으면 세상 사람들의 칭찬이 자자했을 것이다. 임진왜란에 잿더미가 된 경복궁을 2년 만에 다시 짓고, 전국의 서원을 47개만 남기고 모두 헐어버린 것은 보통 군왕으로서는 흉내도 못 낼 큰일들이 아닌가. 이런 역사에 남을 일을 하고도 이름을 천추만세(千秋萬世)에 길이 남기지 못한 것은 그가 물러갈 기회를 놓쳤기 때문이다.

대한민국 초대 대통령 이승만도 마찬가지. 나라를 건국하는 일을 실로 눈부신 외교로 이뤄냈고, 북한의 남침으로 시작된 6·25 전쟁도 고생스럽게 이겨냈고, 어눌한 말솜씨와 초연한 외모로 만인의 지도자다운 풍모가 몸에 배인 우남(雩南) 이승만. 그러나 그도 물러갈 시기를 놓치고 사사오입이니 3·15 부정선거니 하는 꼼수를 쓰다가 나라 밖으로 쫓겨나 산 설고 물 설은 나라의 요양원에서 외롭고 쓸쓸히 마지막 눈을 감고 말았다.

물러설 기회를 놓친 사람은 또 하나 있다. 1960년 총칼로 정권을 뺏고 철권정치를 하다가 비운의 총탄에 간 박정희다. 한국의 보릿고개를 없애고, 근대화의 초석을 깐, 어쩌면 세종대왕에 버금가는 업적을 이룬 통치자로 불릴 뻔했던 그도 자기의 정치적 생명을 더 늘리려고 유신헌법을 만들고 갖은 꼼수와 악질적인 수법으로 분탕질을 하다가 물러설 기회를 놓치고 말았다. 이들은 다 같이 물러날 기회만 놓치지 않았더라면 청사에 빛나는 통치자라는 말도 들었을 사람들이다. 그러나 자신들에 대한 착각 때문에 그동안 쌓은 업적은 어딜 가고, 그들의 정치적 비리(非理), 더러운 음모 욕심만 남아 떠돈다.

사람은 앞으로 나아갈 때도 중요하지만 뒤로 물러설 때도 중요하다. 이 설명하기도 쉽고 알아듣기도 쉬운 사실이 어찌 그리 실행하기가 어려울까. 나 같은 딸깍발이 서생(書生)이야 나아간 적도 없으니 물러설 필요도 없음은 물론이다. 아무리 생각해도 인생살이에는 아직도 내가 모르는 그 큰 무엇이 있는게 틀림없는 모양이다. 만일 그게 사실이라면 나는 아직 세상살이의 미적분(微積分)을 절반도 모르면서 내가 뭘 아는체 떠들고 있으니 이것도 하나의 큰 착각임에 틀림없다. (2012. 5.)

권력과 거리

내 생각에 한국처럼 권력 혹은 감투를 좋아하는 사회도 드물지 싶다. 내가 속해있는 단체, 회원 전체가 50명이 될까말까 한 작은 단체에서도 대표를 뽑아놓고 이름 대신 B회장님, P총무님하며 그 모임에서 맡은 직책을 성(姓)뒤에 달아 부른다. 나도 그렇게 안했다가는 큰 벌을 받을 것 같아 무슨 회장님, 무슨 총무님 하며 직함을 부른다. 옛날 조선시대 때 지방의 벼슬아치들을 '영감님'이라고 높여 부르던 감투 존경의 유습(遺習)이지 싶다.

홉스티드(G. Hopstede)라는 사람이 쓴 〈문화와 조직〉이라는 책을 보면 한 문화를 특징짓는 대 여섯 가지 요소를 들었는데 그 중 한 가지가 특정 문화권에 속하는 사람들이 생각하는 권력과 거리다. 한국은 미국이나 캐나다보다 권력과 거리를 멀게 느끼고 스위스나 스웨덴 보다는 더욱 더 멀게 느낀다고 한다. 일반적으로 민주주의가 고도로 발달한 나라일수록 권력과 거리가 가깝다.

권력은 일반적으로 감투나 벼슬을 수반한다. 사람들이 직업 뒤에 '님'자를 빼놓지 않고 부르는 것은 상대방 직업에 대한 존경심을 표시하려는 의도도 있겠으나 내 생각에는 우리가 그만큼 벼슬을 밝힌다는 간접적인 증거도 된다고 생각된다. 이렇게 감투에 대한 열정이 뜨겁다 보니 간혹 한 단체에 회장이란 위인이 둘이 나타나서 서로 자기가 정통임을 주장하며 죽어라 싸우는 경우도 본다.

왜 이처럼 감투를 좋아할까? 내 생각으로 그것은 권력으로 통하는 가장 빠른 길이기 때문인 것 같다. 많은 경우 감투 = 권력이다. 자원이 빈곤하던 태곳적 사회에서는 권력이 높은 사람 앞에 모든 자원(資源)과 특전이 쌓였다. 오늘날에도 빈곤한 사회는 부유한 사회에 비하여 권력을 가진 자가 물적(物的), 인적(人的) 자원을 더 많이 갖고, 또 사람들은 일반적으로 권력을 추구하고 동경하지 않는가. 권력 그 자체보다도 권력을 따라오는 부(富)와 명예 자원 등의 실리(實利)때문일 것이다. 다음 경우를 상상해보자. 어느 사회에서 우리가 상상할 수 있는 모든 자원이 그 사회의 모든 구성원 어느 누구에게나 무제한으로 무료 공급될 수 있다고 하면 이런 사회에서 사람들이 명예와 권력을 얻으려고 발버둥을 칠까?

조선시대 때는 과거(科擧)에 급제하는 것이 유일한 출세길—. 과거는 명예와 권력과 부(富)가 한꺼번에 쏟아지는 보물단지였다. 과거에 급제하여 입신양명(立身揚名), 소위 이름을 떨치고 가문을 빛내는 것은 조선 선비들이 공통으로 바라는 절실한 꿈이었다. 권세나 명예는 세상 사람들의 이목(耳目)을 끌기 때문에 많은 인적 물적 자원을 불러들이고 자기의 유전자가 영원무궁토록 이어질 가능성을 높이는 것이기 때문에 사람들은 죽어라 명예를 좇는 것이다.

과거에 급제한다는 것은 요새 대학 입학시험처럼 2~3년 만에 끝나는 일이 아니라, 10, 20, 30년을 두고 계속되는 일이었다. 조선 명종 때 경상도 선산에 살았던 노상추라는 무인이 평생 동안 쓴 일기를 보면 그는 과거에 급제하기 위해 14년간 노력, 즉 26살에 시작하여 40이 되어서야 결실을 맺은 것을 알 수 있다. 그래도 노상추는 행운아. 평생을 과거에 도전하다가 낙방에 낙방만 거듭하고 결국에 가서는 재산을 탕진, 빚만 지는 꼴이 된 사람들도 많다. 과거를 준비하는 동안에는 가족의 생계도, 문중의 운영도 모두 뒷전이었다.

한국처럼 권력과 거리가 먼 사회의 학교 수업은 교사 중심으로 되고 선생은 윗[上]자리 학생은 아래[下]로 생각된다. 인간 세상에 불평등이 존재한다는 것은 당연하다고 생각되기 때문에 이를 줄이려는 노력도 적다. 국가도 가정의 연장. 대통령을 국부(國父), 그 부인을 국모(國母)라고 부르는 아첨배들도 있지 않은가. 집에서 가장이 물그릇을 엎지르면 말할 사람은 아무도 없는 것처럼 나라의 수장(首長)이 사생아를 숨겨두었다는 사실이 알려져도 이를 꼬집을 사람은 별로 없다.

권력과 거리가 먼 사회는 서열(序列)을 따지는데 있어서는 가히 병적이다. 이 서열을 어겼을 때는 '교양 없는 사람'이라는 사회적 질책이 따른다. 한국 같은 데서 연말 파티가 뷔페(buffet)로 이루어지는 잔치일 때는 음식 앞으로 나가는 순서가 정해져 있다. 대학 같으면 학장, 부학장, 과장, 평교수 등 직위 순서로 줄을 서서 차례를 기다린다. 그러나 많은 경우 북미대륙에서는 이런 광경을 보기는 매우 드물다. 내가 23년간 근무하던 캐나다 동부 W대학교에서는 이런 광경은 한 번도 보질 못했다. 학장이고 뭐고 배고픈 놈이 제일 먼저 나간다.

권력과 거리가 가까운 사회에서는 사회적으로 높은 지위에 있다고 특권이 남들의 눈앞에서 공개적으로 행사되는 경우는 드물다. 예로 2011년 1월, 미국 부통령 바이든(J. Biden)이 법원으로부터 예비 배심원에 선정되었으니 출두하라는 소환장을 받고 법원에 가서 100여 명의 다른 예비 배심원들과 함께 앉아서 차례를 기다렸다는 신문 기사와 함께 난 사진을 보았다. 우리나라 같으면 부통령은 고사하고 장관이나 시장 정도의 권력도 법정에 가서 한 시간 넘게 기다린다는 것은 상상조차 못할 일이다.

이렇게 보면 권력과 거리는 참된 민주화 성취를 알려주는 계기(計器)가 되지 않을까?

(2011. 2.)

S씨의 죽음

우리가 사는 콘도미니엄에서 자동차로 7~8분만 가면 오른편으로 벽돌로 지은 나지막한 건물이 나오고 그 건물 앞에는 정부기관임을 알리는 캐나다 국기가 펄럭인다. 두드러진 문패도 없는 이 건물은 '토론토 서부 단기 수용소(Toronto West Detention Center)'라 불리는 곳이다. 캐나다 시민이 아닌 여행자들 중에 캐나다 공항 출입국 관리들이 보기에 조금이라도 문제가 있다고 생각되는 사람들은 하루, 이틀, 혹은 몇 주 동안 그 문제가 해결 될 때까지 머물러야 하는 무서운 곳이다.

한국에서 캐나다를 방문하는 여행객들 중에 가끔 이 수용소에서 며칠 동안 신세를 지는 사람들이 있다. 몇 년 전 한국의 유명한 조폭의 두목 C씨가 뒤늦게 예수를 만나서 거듭 태어났다며 토론토에 있는 어느 한인교회로부터 부흥사로 초청받았다. 캐나다에

입국할 때 공항에서 이민관들은 C씨 과거의 경력을 문제 삼아 이 수용소에 집어넣은 적이 있다.

이 조용하던 수용소가 얼마 전 토론토 신문 1면을 장식하였다. 이유는 S씨의 죽음 때문이다. 캐나다에서 강제추방 명령을 받은 체코 출신 S씨는 출국하기 전 2일간 그 수용소에 있었는데, 그 전부터 심장병이 있던 S씨는 수용소에서 갑자기 가슴이 아프다며 신음을 했으나 주위에 있던 이민국 관리들은 물론, 달려온 수용소 파견의사와 간호사들도 강제 추방을 피하려고 부리는 꾀병으로 생각했다.

S씨가 계속 아프다고 신음하면서 그 무서운 이민관의 지시도 따르지 않고 가슴을 쥐어뜯자 S씨는 근처에 있는 큰 종합병원으로 옮겨졌다. 진찰을 한 의사도 '건강상 아무 문제가 없고 비행기를 타도 될 사람'이라는 결론을 내렸다. 신문에 난 S씨에 대한 기록은 'Faking medical condition, uncooperative. Doctor cleared to fly.'(허위 병 증세, 비협조적, 의사는 비행기를 타도된다고 했음)으로 적혀있다.

수용소에 돌아온 S시는 계속 아프다고 가슴을 쥐어뜯고 울부짖었으나 이민관이고 간호사고 누구 하나 거들떠보지 않았다. 자기 나라로 돌아가는 비행기를 타기 하루 전, S씨는 수용소에서 세상을 떠났다. S씨가 죽기 전 받은 진단은 faking medical condition(허위 병 증세)였으나 죽고 나서는 심장마비였다.

놀라운 사실은 S씨의 심장마비 증세는 수용소의 그 많은 이민관들, 사람을 한 번만 쓱 쳐다봐도 그 사람이 무슨 수입 금지품을 가졌으며 무슨 생각을 하는지 어항에 물고기 들여다보듯 알 수 있다고 으스대던 그 이민관들도 진짜 증세인지 가짜 증세인지 몰랐다. 하물며 수용소에 파견된 의사와 간호사, 그리고 E종합병원 의사들과 간호사들까지 모두가 한결같이 S씨의 증세는 강제추방을 피하려는 꾀병으로 보았다.

S씨의 죽음은 이민국 관리, 의사, 간호사들이 S씨에 대해 가졌던 인지구조, 주제, 혹은 이전(以前) 지식이랄까 선입견 때문에 일어난 일이다. 이 같은 S씨에 대한 선입견은 S씨의 행동을 올바르게 해석하지 못하게끔 만들었고, 이 오류는 S씨의 심장마비 증세를 제대로 보지 못하게 한 것이다.

인간은 자기 주위에 있는 정보를 처리하는데, 정보를 지각하는 대로 수동적으로 차곡차곡 쌓아두는 동물이 아니라 이전부터 가졌던 주제 혹은 인지구조에 따라 새로 들어오는 정보를 왜곡하기도 하고 빼먹거나 보태기도 하는 능동적인 정보처리 주체다. 그런데 새로 들어오는 정보가 이전의 주제나 인지구조와 들어맞지 않거나 애매모호한 것일 때는 왜곡해 버리거나 무시해 버린다. 이 인지구조는 복잡한 정보를 몇 가지 요소로 요약해서 정보처리를 간단하게 도와준다.

발표된 지 벌써 30년이 넘은 연구이지만 그 결과가 너무나 생생해서 또 한 번 소개한다. 어느 심리학자가 다음과 같은 실험을 했다. 즉, 정신적으로 건강하고 어느 모로 보아도 정상적인 청년 한 사람이 취업 면담을 하는 것을 비디오로 만들어 심리학자들과 정신과 의사 60명에게 보여준 후 이 청년이 정상인가 비정상인가 진단을 내려 보라고 하였다. 그런데 비디오를 보여주기 직전에 이들 절반에게는 이 청년을 '정신병 환자'로, 나머지 절반에게는 '구직자'로 소개하였다. 결과는 비디오를 보기 전 청년을 소개한 대로였다. '정신병 환자'로 소개받은 심리학자들과 정신과 의사들은 그 청년을 '비정상적인' 청년으로, '구직자'로 소개받은 집단은 '정상적인' 청년으로 진단을 내렸다. 선입견이나 이전 지식은 우리 판단에 상상 외로 큰 영향을 준다는 것을 실감나게 보여 준 것이다.

S씨로 돌아가자. 이민관을 비롯한 수용소에 파견된 의사와 간호사, 종합병원 전문의와 간호사들의 이전 지식 혹은 선입견은 S씨가 어떻게 해서든 추방을 당하지 않고 캐나다에 살고 싶은 것이었다. 그러니 S씨가 통증을 호소하는 새 정보는 S씨에 대한 선입견과 꼭 맞아 떨어지는 것이었다. 일단 이러한 인지구조가 형성되면 우리가 듣고 보는 모든 정보는 그 인지구조에 들어맞도록 왜곡해석이 되는 것이다.

이웃에 사는 어느 부인이 바람기가 있다는 소문이 돌았다 하자. 이런 소문이 돌면 그 부인의 바람기는 좀처럼 사라지지 않는다. 이처럼 선입견은 주위 사물을 있는 그대로 바라보지 못하게 한다. 바람기 있다는 부인은 선입견으로 명예를 잃는데 그치지만 S씨는 목숨을 잃었다.

(2011. 5.)

5부

세모의 고향생각

손수건 | 부부의 애증(愛憎) 산맥 | 추정만리(秋情萬里)

세월무정 | 2013년 새해를 맞으며 | 세모(歲暮)의 고향생각

이재락 선생 영전(靈前)에 | 재채기 | 정상과 비정상 | 자존감(自尊感)

손수건

오래간만에 아내와 함께 백화점 구경을 갔습니다. 여기저기 목적 없이 돌아다니다가 어느 옷 가게에 들어갔지요. 진열대에 놓인 손수건이 눈에 띄길래 색깔이 하얀 놈으로 몇 개 골라 집어 들었습니다. 나는 낙동강 가에서 어린 시절을 보낸 시골뜨기라 그런지 손수건 같은 것을 챙겨 주머니에 넣고 다니는 도시 아이들의 세련된 행동은 없습니다.

손수건은 옛날부터 이별의 상징입니다. 이별-눈물-손수건의 삼위일체이지요. 여명기에 장세정이라는 가희(歌姬)가 부른 〈연락선은 떠난다〉는 노래가 있습니다. 해방전 부산과 일본 시모노세끼(下關)를 오가던 여객선을 노래한 것이지요. 그 노래에 손수건이 나옵니다. 그냥 손수건이 아니라 눈물 젖은 손수건입니다.

쌍고동 울어울어 연락선은 떠난다/ 잘가소
잘 있어요 눈물 젖은 손수건/ 진정코 당신만을
진정코 당신만을 사랑하는 까닭에/ 눈물을
흘리면서 떠나갑니다/ 아이 울지 마세요 울지를 말아요…

장세정의 청초하고 색기(色氣)어린 목소리는 강제 혹은 반강제로 일본에 끌려가 혹사당할 노동자, 부푼 꿈을 안고 신 학문을 배우려는 젊은이들을 떠나보내는 부모 형제 친지들의 슬픔을 애절하게 토해냈습니다.

솔직히 나는 공항이나 기차 정거장 같은데서 손수건을 흔들며 정든 사람을 보내는 장면은 한 번도 본적이 없습니다. 그러나 내 상상의 세계에서 '손수건'은 정든 사람을 보내며 흔드는 하얀 노스탤지어(nostalgia)의 깃발입니다. 헤어지는 마당에서 손수건은 단순히 눈물을 닦아내는 구실만 하는 것은 아닙니다. 그것은 눈물의 시원(始原)인 정(情)을 확인해 주고 연결해주는 매체(媒體)입니다.

한국 E여대에 있을 때 내 연구실에 꽃이나 사탕을 들고 오는 학생들이 있었습니다. 나는 기쁜 마음으로 이들을 받곤 했습니다. 사탕을 너무 많이 먹으니 몸에 해롭겠구나 걱정하던 중 동료 한 사람이 웃으면서 "이제 메뉴를 바꿔 보는 게 어때요" 하는 농담성 충고를 받고 와인(wine)으로 바꿨습니다. 바늘 도둑이 소 도둑으로 한 단계 뛰어오를 찰나입니다. 이 후로 학생들은 사탕대신 와인을 가져오기 시작했습니다. 이렇게 학생들을 착취하다가는 내가 탐관오리가 되지 않을까하는 생각도 스쳐갔습니다. 그러나 나는 이 학생들이 가져오는 정표(情表)에서 따뜻한 인정을 느끼곤 했습니다. 마음에서 우러나오는 작은 정표를 뇌물로 생각하고 거절한다는 것은 자기의 윤리, 도덕관에 대한 자신감이 없다는 말이 아니겠습니까.

사랑과 정(情)은 오누이와 같다는 이론을 내놓은 수필가가 있습니다. 내가 틀렸는지도 모릅니다마는 나는 사랑의 감정 이전에 아침 안개처럼 사방에서 조용히 스며들어 퍼지는 것이 정(情)이라고 봅니다. 사랑이 한 낮 이글거리는 태양이라면 정은 은은한 달빛입니다. 사랑의 감정에는 색정(色情)의 의미가 짙지마는 정(情)은 이 사랑의 색정은 물론, 부모 형제 친구에 대한 사랑, 스승과 제자 간의 정분(情分), 고향의 강이나 뒷동산 같은 자연이나 물건에 묻은 손때 등 모두를 포함하는 말입니다. 삶이란 곧 정(情)을 교환하는 과정이지요. 사람은 정 때문에 웃고 사랑하고, 정 때문에 울고 서러워하고, 미워합니다.

이 세상에 정(情)을 느껴보지 못한 사람이 있을까요. 외로워서 차라리 죽어버리는 게 낫다는 사람도 결국 정(情)에 주린 그의 마음을 쏟아 놓을 사람을 아직 만나지 못했다는 말과 다름이 없지요. 이처럼 사랑의 발원지가 되는 정(情)은 스승과 제자의 관계라고 해서 외면할 필요가 있겠습니까. 옛날 군사정권의 분탕질이 한창이던 어느 스승의 날에 학생들이 선생님 가슴에 꽃 한송이도 달아드리지 못하게 한 것이 생각납니다. 그야말로 빈대 한 마리 잡으려다 초가삼간 태우는 격이지요.

사랑받던 손수건이 이제 해가 갈수록 사람들로부터 푸대접을 받고 있는 것 같아 애석한 마음이 듭니다. 우선 이별의 슬픔으로 눈물 닦을 일이 급격히 줄어들었습니다. 미국 뉴욕 가는 길이 전라남도 목포 가는 것쯤으로 생각되는 세상, 정든 사람이 목포를 간다고 눈시울을 붉힐 사람이 있을까요?

현대 생활은 정(情)이 나타나는 모습도 옛날과는 다르게 만들어 놓았습니다. 가깝게 지내던 친구의 영결식장에서 찬송가를 부르면서 밀린 세금, 치과 약속, 식료품, 아이들 캠핑 보낼 준비 등을 걱정해야 합니다. 한가로이 친구를 잃은 슬픔에 젖어 있을 때가 아니지요. 이처럼 현대 생활은 우리를 잠시도 가만 두지를 않습니다.

부푼 꿈을 안고 김포공항을 떠나던 날이 생각납니다. 나는 손 흔들어 줄 가족도 없는 사람 모양 뒤도 돌아보지 않고 비행기 안으로 쏙 들어가 버렸습니다. 나중에 누나가 전해주는 말씀을 따르면 어머니는 나를 태운 비행기가 하늘 저쪽으로 사라질 때까지 아무 말씀 없이 그쪽 하늘만 바라보시다가 누나가 건네주는 손수건을 받으시더랍니다. 꼭 47년 전에 있었던 일입니다.

(2013. 3.)

부부의 애증(愛憎) 산맥

바야흐로 가을, 결혼의 계절이다. 한국에서는 대부분 결혼식이 예식장에서 이루어지지만 캐나다에서는 교회나 성당, 아니면 절(사원)에서 이루어진다.

캐나다에서는 결혼식 주례는 주로 성직자들의 몫이지만 한국에서는 신랑 신부의 은사나 선배, 요새는 신랑 신부의 친구들도 주례 단상에 오른다. 주례는 보통 10분 이내에 신랑 신부가 일생동안 간직해 둘 말을 하되 하객들에게 지루한 느낌이 안 들도록 해야 한다.

나도 한국에 있을 때 열 번 넘게 주례를 서 봤으나 주례사를 짧게 끝내야 한다는 조건에, 재미있게 해야 된다는 압력까지 따라붙으니 여간 스트레스 받는 일이 아니다. 재미있게 한다고 코미디언처럼 손님 웃기는데 주목적을 둘 수도 없고, 일생에 단 한 번밖에 없는 인륜대사(人倫大事)라고 장례식 분위기의 엄숙한 주례사를 할 수는 없는 것이다. 주례는 너무 가볍게 굴어도 탈, 너무 무겁게 굴어도 탈, 그 양극 어디에서 균형을 잘 잡아야 한다.

식을 마치고 신혼여행을 떠나는 부부에게는 평생 결혼생활이 오늘 같은 거울 같이 잔잔한 물위를 미끄러져 가는 돛단배―. 이 세상은 동화의 나라, 꿈속의 나라이다. "살아봐라마는 너들도 오늘같이 근심 걱정 없는 날이 평생에 며칠이 안 될끼라…."는 음흉스런 저주가 떠오를 때는 불초소생 이 주례님께서도 빙그레 웃음이 나온다.

나의 멘토 시인 C씨는 결혼을 대나무에 비유해서 세 마디만 무사히 넘기면 그 결혼생활은 성공이라는 것. 나도 C씨처럼 결혼생활을 옛시조 나누듯 초(初), 중(中), 종(終) 세 단계로 나누기를 좋아한다. 결혼 생활의 초장은 애정(愛情)이랄까 사랑이 그 중심. "슬플 때나 기쁠 때나 언제 어디서나 서로 사랑하고 존중하라"는 주례사의 압력은 모든 배우자의 투정과 응석도 '애정행각'으로 둔갑시켜 버린다.

사람은 빵만 가지고는 살 수 없듯이 부부는 사랑만 가지고는 살 수 없다. 살아간다는 것은 두 사람 간에 부대낌, 즉 상호작용이 아닌가. 사랑이란 것도 알고보면 각가지 조건과 계략, 잔꾀와 음모가 복병처럼 숨어있는 덤불 속. 조건 없는 사랑이 어디 있는가. 부부사이에도 준 것만큼 되돌려 받기를 은근히 바라고 던져 본 투정과 응석에 아무런 반응이 없을 때는 실망이 따른다. 배우자의 자기에 대한 정열이 식어갈 때는 사랑이 차지하고 있던 자리에 질투와 미움이 싹튼다. 실망과 미움이 쌓이면 원망이 되고, 원망이 쌓이면 원한(怨恨)이 되는 것.

결혼 초기에는 정(情)이 생겨 쌓이게 되면 큰 다행. 정(情)이란 기쁜 일을 당해서나 슬픈 일을 당해서 감정을 함께 나누어 가지는 부대낌에서 오는 것으로 결혼 중년의 안정과 말년의 낙(樂)이 둥지를 틀 터전이 된다.

참으로 알 수 없는 것이 부부간 사랑이다. 부부란 가까운 듯하면서도 아득하게 먼 남으로 느껴질 때가 있고 멀리 있어도 바로 옆에서 이마를 맞부딪칠 정도로 가깝게 느껴질 때가 있다. 이제 한 여름 오동잎같이 넉넉하고 풍성하던 애정이 식으면 서로를 바라보는 눈빛이 흐려진다. 그렇다고 서로 관심조차 없어진 것은 아니다. 사랑하고 있다는 것을 알려주던 모든 시그널(signal), 즉 '애정행각'이 물밑으로 가라앉은 것 뿐이다. 사회심리학자들의 보고에 의하면 결혼 후 1년이 지나면 애정표시의 시그널들이 반으로 줄어들고, 4년이 지나면 이 시그널들은 거의 사라진다고 한다. 하물며 4-50년 이어온 결혼생활에야—.

사랑이 어떻더냐/ 길 더냐 짜르더냐/ …/
지극히 긴 줄은 모르나/ 애 그칠만 하여라

위의 옛 시조를 보면 우리 선조들도 사랑의 원리에 대해서 무척 궁금했었던 모양이다. 100년, 200년이 지나도 사랑의 정체에 대한 모습은 예나 지금이나 안개속이다. 결혼생활의 마지막 단계에 가면 두 늙은이가 한 지붕 밑에서 살면 하루 종일 서로 말 한마디 없어도 마음이 가라앉고 태평하다. 자식들에게 "니 에미 어디 갔노?" 하고 묻는 것이 곧 서양 사람들의 "I love you."다. C씨가 말하는 결혼의 낙(樂) 단계다.

C씨의 결혼 3단계는 한 쌍의 원앙새 같이 사이가 좋고 사랑하던 원앙지애(鴛鴦之愛)의 신혼에서 시작, 거문고가 울면 비파도 따라 우는 금슬지정(琴瑟之情)의 중년을 거쳐 종과 북이 서로 장단을 맞추며 연륜을 쌓아가는 종고지락(鐘鼓之樂)에 이르러 어느덧 찾아온 늙음은 죽음의 저쪽까지 낙생(樂生)의 길로 이어진다는 것이다.

종은 늙을수록 그 울음이 푸르고 북은 나이가 더할수록 그 울림이 그윽하다고 하다는데 요새는 현대의학의 힘을 빌려 칠, 팔십이 되어도 '인생은 70부터'라고 외치는 소리가 저 멀리서 점점 더 크게 들려온다. 또 다른 종고지락이 있나는 말일까?

(2012. 10.)

추정만리(秋情萬里)

가을이 깊어간다. 아침저녁 산책길에 나서면 한기(寒氣)로 몸이 나도 모르게 움츠러들고 한낮이면 그 불길 오르듯 이글거리던 햇빛이 따사롭게 느껴진다.

해마다 찾아오는 가을이건만 가을에 대한 느낌은 나이가 더해가며 감상적(感傷的)으로 변해간다. 옛날 시인들의 시(詩)를 보면 가을이 왔다는 것을 처음 느끼는 낌새는 제각기 다르다. 어떤 이는 나뭇잎이나 귀뚜라미를, 어떤 이는 밤비나 강물을, 또 어떤 이는 하늘빛, 바람 소리 등 가을이 오면 달라지는 것 무엇이든 낌새로 썼다. 중국의 문장가요 서예가인 구양수가 쓴 오동잎 떨어지는 소리를 듣고 '아 가을이 왔구나'를 탄식하는 시(詩)를 대학교 때 본 것 같아 그 시(詩)의 원문을 찾으려고 하루 종일 서가를 뒤졌으나 성공하지 못했다. 내 장기 기억에 애당초 등록이 잘못되었던 것인가.

그래서 중국을 버리고 우리나라 시인들의 시(詩)를 뒤졌다. 맨 처음 손에 잡힌 것은 고운(孤雲) 최치원의 〈추야우중(秋夜雨中)〉이었다.

秋風唯苦吟/ 世路小知音
窓外三更雨/ 燈前萬里心
가을바람에 쓸쓸히 읊조리나니
이 세상 사는 길에 참 벗 없음이여
창밖엔 삼경의 밤비
등잔 앞엔 만 리의 마음

여기서 지음(知音)은 자기의 참뜻을 알아주는 절친한 친구를 이르는 말. 옛날 중국에 백아라는 이름을 가진 사람이 친구 종자기라는 사람이 타는 거문고 소리를 듣고 그 가락에 부친 악상을 정확하게 알아맞혔다는 고사에서 나온 말이다. 삼경(三更)은 밤 12~2시 사이, 위의 시의 핵심이 되는 만리심(萬里心)은 아득히 멀고 먼 곳으로 달리는 마음을 말한다. 나는 이 고운의 시를 좋아해서 20여 년 전 토론토에서 부부 서예전을 할 때 큰 행서작품으로 이 시(詩)를 내놓은 적이 있다.

작자 최치원은 신라 때 사람으로 12살 때 당(唐)에 유학, 그곳 과거에 장원 급제, 중국 문단에서 이름을 떨치다가 28세에 귀국, 벼슬길에 들어섰다. 그러나 그 때 이미 신라는 국운이 날로 기울어져 가고, 벼슬아치들은 온갖 비리와 질투, 모함을 꾸미는 데만 바쁜 것을 보고 비관, 벼슬을 버리고 팔도강산을 방황, 끝내는 가야산에 은거했다. 이 시(詩)는 실의에 찬 당시의 심정을 가을밤에 부쳐 지은 노래. 그러니 이 시(詩)에 배인 정서는 어디까지나 쓸쓸함과 처량함, 외로움과 그리움이다.

가을은 고독하다. 흥에 들뜬 봄도 지나가고 여름도 어느덧 저쪽으로, 조락(凋落)의 계절 가을이 찾아 온 것이다. "달이 지고 귀뚜리 울음에 내 청춘에 가을이 왔다"고 한 월파(月坡) 김상용의 가을은 마음의 조락, 곧 늙음이다. 요즈음 와서 뜬금없이 '내가 앞으로 몇 년이나 더 살까?' 하는 생각이 날 때가 있다. 꾹 눌러두었던 죽음에 대한 공포가 벌써부터 의식의 틈을 비비고 올라온 모양이다. 왜 이런 생각이 하필 가을에 잦을까? 아마도 가을은 조락의 계절이고 겨울은 죽음의 계절이니 가을은 겨울의 예비단계라서 그런 것 같다. 등잔 앞 만 리의 마음이라더니 40년 전에 살았던 브리티시 콜럼비아(British Columbia) 주의 산하가 눈앞에 어른거린다. 내가 캐나다에 처음 발을 디딘 곳이 밴쿠버이기 때문에 내가 첫 정(情)을 준 데가 바로 거기다. 뼈저리게 가난했던 밴쿠버 시절, 그러나 그 때는 꿈이 있고 희망이 있어서 그랬는지 피곤한 줄 모르고 살았다. 공부를 한다는 자부심이 하늘에 닿고도 남을 시절—.

밴쿠버 시절을 생각하면 반드시 생각나는 사람이 하나 있다. C교수다. C교수는 10살이나 아래인 나 같은 가난뱅이 학생을 정말이지 친동생처럼 돌봐주고 인생살이 얘기를 털어놓던 분이다. 우리는 토요일이면 C교수댁에 모여서 술도 마시고 노래도 부르고 당시 박정희 군사독재에 대한 울분도 쏟아놓곤 했다. 사모님이 맛있는 음식이라도 한 접시 내놓으면 굶주린 하이에나처럼 달려들어 그야말로 눈 깜짝할 사이에 빈 접시로 만들어 버렸다. 그때는 고마움을 몰랐으나 내가 가정을 갖고 나이를 먹으면서 점점 그 고마움을 느끼게 된다.

그러던 C교수가 2012년 8월 지병으로 세상을 떠났다. 사람이 나이가 들면 병들어 죽게 마련이지만 C교수가 그렇게 훌쩍 쉽게 떠날 줄은 몰랐다. C교수는 수학자이지만 사회 인문학에 관심이 많은 분이다. 어머니가 캐나다를 방문하였다가 한국으로 돌아가던 길에 C교수댁에서 하루를 묵은 적이 있다. 그날 밤 C교수 내외분의 '앵콜' 아래 어머니는 소동파의 적벽부를 읊고, 노계의 도산가, 서포의 구운몽을 외었다. 자기를 인정해주고 얘기를 흥미롭게 들어주는 사람이 있다는 사실에 어린아이 같이 좋아하시던 어머니—. C교수가 마음 속 깊이 인각(印刻)되었던지 어머니는 세상을 뜨시기 몇 주 전까지도 C교수 안부를 물으셨다.

오늘 같은 날, 길에는 낙엽이 뒹굴고 하늘에는 구름 몇 점이 한가로이 떠가는 것을 보니 '秋情萬里心', C교수 생각에 좀이 쑤신다. 이 가을이 가면 겨울이 오고, 겨울이 가면 또 봄이 올 것이다. 이 끝없이 되풀이 되는 천도(天道) 속에서 우리 인생은 말없이 늙어간다.

(2012. 10.)

세월무정

—임진년을 보내면서

乾坤有意生男兒

歲月無情老丈夫

하늘과 땅이 뜻이 있어서 나를 남자로 태어나게 했으나

세월이 무정하여 이 대장부가 늙어가는구나!

개세(蓋世)의 영웅, 평서 대원수 홍경래의 탄식이다. 평안북도 용강 출신인 홍경래는 본래 양반 출신으로 과거에 여러차례 낙방하면서 그것이 서북인들에 대한 부당한 차별대우 때문이있음을 깨닫고 과거에 응시를 포기한다. 그는 곧 평안도 가산에서 서자 출신 지식인 우군칙과 만나게 되고 현실에 대한 불만은 곧 사회 변혁 의지로 바뀌어 썩어빠진 정부를 뒤엎으려고 군사를 일으켰다. 한때 가산, 곽산, 철산, 선천 등 청천강 이북 지역에서 큰 위세를 떨쳤으나 정주성 싸움에서 정부군에 패하여 봉기 4개월 만에 체포되어 형장의 이슬로 사라지고 말았다.

분노의 감정 넘쳐흐르고 피 끓던 패기의 사나이 홍경래가 어찌 해서 "세월이 무정하여 장부가 늙어간다"는 감상적인 시정(詩情)에 빠질 수 있었을까? 나 같은 늙은이에게는 절실한 말이지만 인생의 이정표[mileage]가 많이 남아있는 젊은이들에게는 별 의미가 없는 말이 아닌가.

나는 홍경래 같이 대담하고 기개(氣槪)에 찬 사나이는 '세월이 무정하다'느니 '꽃이 아름답다' 같은 보드라운 순정은 설령 있더라도 좀처럼 밖으로는 내보이지 않는 것으로 알았다. 그러나 저 중국 대륙을 호령하던 만고의 영웅 모택동(毛澤東)도 매화 한 송이를 보고 읊은 시 〈영매(咏梅)〉에서 "바야흐로 만산에 백화만발하면 너는 깊은 숲속에 숨어 살며시 웃고 있겠지"(待到山花爛漫時/她在叢中笑)라고 하여 소녀의 순정같은 시정(詩情)을 내뱉은 것을 보면 거칠고 무뚝뚝해 보이는 이들 영웅들에게는 순정이란게 우리네 보통 사람보다 더 깊이 묻혀 있는 것뿐이라는 생각이 든다.

겨울 가면 봄 오고, 봄 가면 여름 온다. 이 변함없는 우주의 질서 속에서 세월은 가고 우리 인생은 웃다가 울다가 늙어간다.

(2012년 임진 세모에)

2013년 새해를 맞으며

蒼松不老

鶴鹿齊鳴

푸른 소나무는 늙질 않고

학과 사슴이 함께 운다

위의 시구(詩句)는 조선 영정조 때의 화가 단원(檀園) 김홍도의 스승인 서예가요 화가, 시인(詩人)인 표암(豹菴) 강세황이 78세로 세상을 뜨기 전 마지막 휘호로 남긴 말이다. 그는 나면서부터 등에 표범같은 반점이 있어서 호를 표암(豹菴)이라 했다. 시(詩), 서(書), 화(畵) 삼절로 당대를 대표하는 문인이었으나 집안의 몰락으로 인해 61살 때 영조의 배려로 참봉벼슬을 얻기 전까지는 생애의 대부분을 뼈저린 가난 속에서 보낸 예술가이다.

세상에 늙어가지 않는 소나무가 어디 있고 학(鶴)과 사슴이 우는 것을 본 사람이 어디 그리 흔하겠는가마는 이런 대자연의 하모니(harmony)를 상상만 해도 우리 마음은 한결 부드러워지고 조용한 힘이 솟구치질 않는가.

새해에는 푸른 소나무가 울울창창하고 소나무 위로는 학(鶴)이 울고 그 아래로는 사슴들이 뛰노는 풍경이 주는 한가로움과 넉넉함이 2014년 갑오 새해의 커튼이 올라가며 우리 모두의 눈 앞에 펼쳐지는 마음의 파노라마(panorama)가 되었으면 얼마나 좋을까. 우리들의 발걸음은 한결 가벼워지고 삶의 향기도 짙어질 것이다.

천지신명(天地神明)께 두 손 모아 빈다.

계사 세모에

青峴山房主人　陶泉

세모(歲暮)의 고향생각

고향이란 멀리서 바라보아야 그리움이 더해진다고 주장하는 사람들이 있다. 언제라도 가고 싶으면 갈 수 있는 고향을 가진 사람도 있고, 북한 어디에 고향을 둔 사람처럼 갈래야 갈 수 없는 고향, 말하자면 고향을 잃어버린 사람도 있다. 모두가 고향을 그리워하나 그 그리움의 정도에는 차이가 크다. 이 세상을 다녀간 시인들 중에 고향을 그리워하는 시(詩) 한두 편을 써보지 않은 시인이 있을까? 만약 있다면 그 시인은 꿀을 만들어 본적이 없는 꿀벌과 같고, 병아리를 품어 본 적이 없는 암탉과 같다. 또 한가지―. 사람은 나이가 더해갈수록 고향에 대한 그리움도 더해진다.

내 고향은 경상북도 안동. 태백산맥에서 튕겨져 나온 청량산 근처다. 봄이면 산에 진달래 불길이 온 산에 번지고 여름이면 낙동강 물줄기를 타고 은어(銀魚) 떼가 올라오는 곳, 여느 동네와

다를 것은 없다. 안동의 옛 이름은 영가(永嘉) 혹은 복주(福州)다. 그런데 지금 안동에 가면 안동웅부(安東雄府)라는 고려 공민왕이 쓴 것으로 알려진 큰 해서(楷書)체의 간판을 볼 수 있는 것으로 보아 그때도 안동으로 불렸던 모양이다. 이 안동웅부 글씨는 홍건적 난리가 일어나자 공민왕이 안동으로 피난을 와 있을 때 쓴 것이라 한다. 얼마나 겁보 임금이었으면 일개 도적의 무리들을 피해서 개성에서 600리 길 안동까지 피난을 왔을까. 안동에 있기도 불안했던지 안동에서 60리 떨어진 심심산골 청량산까지 도망을 갔다 한다. 지금도 청량산 근처에 왕모산성(王母山城)이니, 내 역동 생가에서 400미터도 안되는 거리에 민왕대(愍王臺)니 하는 공민왕에 얽힌 유적들이 많은 것을 보면 꾸며낸 말은 아닌 것 같다.

나의 문장 멘토(mentor) C씨를 따르면 고향에 간다는 말에도 여러 가지가 있다. 귀향(歸鄕)은 자기가 태어난 고향에 돌아간다는 총체적인 일컬음이고, 귀성(歸省)은 부모 형제가 살아계셔서 고향에 문안드리러 가는 것, 귀고(歸故)는 부모는 이미 다 돌아가시고 찾아 볼 이 없는 옛 고향에 가는 것을 말한다는 것이다. 마지막으로 낙향(落鄕)이란 벼슬살이로 외지에 나가있던 선비가 늙어서 고향에 돌아와서 남은 인생을 보내는 것을 말한다.

부모 형제가 안 계시면 고향에 대한 그리움이 반으로 줄어든다는 사람이 있다. 나에게 그 말은 거짓말. 부모님이 돌아가시고 안계시면 부모님에 대한 회억의 실타래는 '고향'이라는 큰 단어

속으로 흡입되어버리는 것을! 고향에 대한 그리움은 마치 뼈에 새겨진 원죄 같아서 지울래야 지울 수 없는 존재인 것 같다.

전라남도 광산에서 태어난 여명기의 시인 용아(龍兒) 박용철은 고향을 찾았을 때의 슬픔을 다음과 같이 쏟아 놓았다.

고향은 찾아 무엇하리/ 일가 흩어지고 집 흐너진데/ 저녁 까마귀 가을 풀에 울고/ 마을 앞 시내도 옛 자리 바뀌었을라./ 어릴 때 꿈을 엄마 무덤 위에 남겨두고/ 떠도는 구름따라 멈추는 듯 불려온 지 여남은 해/ 고향은 이제 찾아 무엇하리./ 하늘가에 새 기쁨을 그리워 보랴/ 남겨둔 무엇일래 못 잊히우랴/ 모진 바람아 마음껏 불어쳐라/ 흩어진 꽃잎 쉬임 어디 찾는다냐./ 험한 발에 짓밟힌 고향생각/ 아득한 꿈엔 달려가는 길이었만/ 서로의 굳은 뜻을 남게 아낀/ 옛 사랑의 생각 같은 쓰린 심사여라.

콧등이 시큰해 오는 서러움과 그리움, 애정과 누구를 향한 것인지 모르는 원망이 뒤범벅이 된 애절한 망향의 노래이다.

몇 주 전에는 고향친구 C의 편지를 받았다. C는 강 건너 학교 가는 길 〈청고개〉 밑에 살던 같은 반 아이. 지금 그가 사는 곳은 그의 옛날 마을에서 자동차로 40분도 채 안 되는 거리에 살면서도 옛 마을을 그리워하는 녀석이다. 내가 한국에 가면 C와 함께 학교를 다니던 〈청고개〉를 가서 하루 종일 몽유병 환자처럼 이리저리 쏘다니다가 돌아오는 올해로 일흔 여섯에 접어드는 노인 녀석이다.

동렬아 보고 싶구나. 건강히 잘 지내겠지? 네가 있는 곳에 해가 뜨면 내가 사는 곳에 달이 뜨고 내 있는 곳에 해가 뜨면 네 있는 곳은 달이 뜨니 무슨 묘한 인연인고, 늘 그립다. … 지금도 청고개에 가끔 가보면 사람이라고는 구경할래야 할 수 없는 첩첩산중이 되어 옛날 우리가 살 때는 없었던 멧돼지, 산도라지, 더덕 같은 꿈에도 못 보던 것을 캔다. 올해는 산삼도 한 뿌리 캐었단다(자랑!)….

오늘같이 한 해의 마지막이 가까워 오는 날은 고향 생각, C녀석 생각이 간절하다. 그 고개를 떠난 지 어언 46년. 내 떠나던 날 울던 뻐꾹새는 가고 없어진 지가 옛날일 테고 그의 20대나 30대 후손되는 놈이 주인도 없는 빈 산 속에서 혼자 울어대고 있을 것이다. 무정타 세월이여, 40년 넘는 세월이 구름 저쪽으로 갔구나.

(2012. 12.)

이재락 선생 영전(靈前)에

선생님, 어제까지 이렇게 불렀는데 오늘 아침에 일어나서는 문득 "이 세상 사람이 아니구나" 하는 생각이 드니 삶과 죽음이 서로 멀리 떨어져 있지는 않다는 것을 뼈저리게 느낍니다.

어제 저녁에는 주부문학교실에서 우리 옛 시조와 그 시조에 얽힌 역사에 대한 강의를 하고 돌아오니 한복연 여사가 남긴 선생님이 돌아가셨다는 슬픈 소식이 기다리고 있었습니다. 우연인지는 몰라도 그날 주부문학교실에서는 고려의 임종을 지켜본 목은 이색, 야은 길재, 운곡 원천석, 삼봉 정도전 등의 회고와 허무에 젖은 시조를 감상했습니다. 한 나라의 임종과 선생님의 슬픈 소식에 무슨 관계가 있겠습니까마는―.

내가 선생님을 알게 된 것은 1987년, 그러니까 지금부터 꼭 25년 전입니다. 런던에 있는 웨스턴 온타리오 대학교에 있을 때 한국일보에 〈낙동강〉이란 제목의 수필 한 편을 실은 적이 있습니다. 그 글을 보시고 며칠 후 저에게 긴 편지를 하나 보내셨습니다. 선생님의 외가(外家)가 저와 같은 진성(眞城)이라는 얘기, 외가에서 독립운동을 했기 때문에 그걸로 고생이 많았다는 얘기, 어린 시절 예안읍에도 살았다는 얘기…. 그 후부터 우리 부부는 선생님을 집안 어른으로 모셨습니다. 우리가 살던 런던에서 토론토에 모임이 있어 오는 날에는 모임이 끝나고 우리 부부는 예약해둔 호텔이나 있는 것처럼 걸음걸이도 경쾌하게 선생님 댁으로 향하곤 했습니다.

선생님 부음(訃音)을 듣고 마음이 울적하고 가라앉지 않아서 해방 후 일세를 풍미하던 문장가요 시조시인 노산(鷺山) 이은상이 나이 어린 동생을 잃고 슬픔으로 〈무상〉이라 이름한 책을 읽었습니다. 책장을 넘기다가 장자(莊子)가 초(楚)나라로 가던 길에 죽은 사람의 두골과 주고받은 대화가 눈에 띄었습니다.

장자: 그대 삶을 탐하다 도리를 어겨 이같이 되었는가. 혹은 나라가 망할 때 죽음을 당해 이같이 되었는가. 혹은 악한 일을 저지르고 추한 이름을 남기기 부끄러워 이같이 되었는가. 아니면 천명을 다하고 이같이 되었는가.

두개골이 밤중에 나타나 말하기를 "그대의 말은 모두 산 사람의 일이니 죽으면 이것이 다 없어지노라. 죽음이란 신하도 없고, 사계절도 없어… 제왕의 즐거움도 이보다 나을 것이 없으리라."하기에 장자는 믿지 아니하고 말하기를 "내 저승왕에게 말하여 그대 형상을 다시 살려 그대 살던 곳으로 보내게 하리니 그대 가려는가?" 두골이 한참 생각하다가 말하기를 "내 어찌 이 제왕의 즐거움을 버리고 다시 사람이 될까보냐."했다.

노산의 말마따나 간 자가 어디로 갔는지 남은 자가 알 길이 없고 간 자 또한 자기가 어디로 갔는지 모르고 갔고 남은 자 또한 어디로 갔는지 알 수 없는 그 죽음이야 말로 모른다는 것 밖에 말할 것이 없습니다.

임진왜란 때 큰 공을 세운 서산대사 휴정도 이를 알지 못하여 그가 데리고 있던 어린 중이 세상을 떠났을 때 "구름과 오더니만/ 달따라 가버렸네/ 오고 간 그 한 사람/ 어즈버 어디 있나" (來與白雲來/ 去隨明月去/ 去來一主人/ 畢竟在何處)고 탄식하고 말았습니다.

죽고 나면 인간의 오욕칠정(五欲七情)도 부귀도, 영화도, 꿈도, 희망도 모든 것이 아무것도 없는 무(無)의 상태로 돌아가는 것. 천 년을 이어질 것 같은 근심 속에서 헤어나지 못하고 가는 인생인데 주여 당신은 어찌하여 천당의 즐거움과 지옥의 괴로움을 말하고, 부처여 당신은 어찌하여 극락과 나락(奈落)을 말해서 산 사람의 근심을 더 무겁게 만드시나요?

선생님 살아계신 동안은 건강하고 참으로 꽉 찬 생활을 하시다 가셨습니다. 오래 살고 싶은 욕심이야 누군들 없겠습니까. 그런데 그 '오래'란 도대체 몇 년 입니까? 100년 입니까? 아니면 200, 300년 입니까. 진(秦)의 시황(始皇)은 사람을 보내서 불로초를 구하려 했고 한 무제는 소반에 흰 이슬을 받아 마시기도 했다고 합니다. 그러나 무한한 세월로 보면 "사람 목숨이란 마치 손뼉 치는 소리같이 짧다"고 한 불가의 말은 진리의 말씀입니다.

그런데 선생님, 미국 대통령 오바마(Obama)가 재선에 성공할까, 아닐까를 놓고 저와 점심내기를 한 것 생각나십니까? 제가 이겼습니다. 그런데 선생님은 요단강 저쪽으로 건너 가버리셨으니 점심내기는 무효가 되었습니다. 그러나 선생님, 그 점심 받아내고 말겠습니다. 내 나이 올해로 일흔 둘, 20년 안으로 저의 입관예배가 올 것입니다. 그 때 요단강 부두에서 내리자마자 선생님 계신 곳에 가서 약속 이행을 독촉하겠습니다.

선생님, 하늘나라에서 명복을 빕니다.

(2012. 11.)

재채기

이 세상에 태어난 사람으로 평생 재채기를 하지 않고 산 사람은 없지 싶다. 일단 재채기가 걸려서 '에취'가 터지는 순간, 그 순간이란 것이 1초도 되지 않는 찰나에 지나지 않지마는, 그것은 영원으로 이어지는 무상무념(無想無念)의 세계, 망아(忘我)의 경지다.

생리적으로 재채기는 비강(鼻腔)에 있는 점액, 이물(異物) 등의 해로운 물질이 속기관에 들어가지 않도록 막기 위해서 일어나는 현상으로 콧속이 간실간실 하다가 '에취'하고 큰 기운을 내뿜는 신체 동작에 불과하다. 재채기의 '즐거움'은 '에취'가 일어나기 전 십 분의 일 초, 아니 백분의 일 초 전에 시작되어 '에취'가 터질 때까지 이르는 쾌감이랄까 기대감이다. 이 재채기가 터지는 순간에는 이 세상 사람이 아니다. 모든 세상만사는 배후로 들어가고 '에취'만 남는다. 재채기 하는 순간에 어찌 남북대화, 핵실험, 개

성공단, 노무현의 대화록, 사대 강 공사 같은 굵직굵직한 일을 걱정하며 성가연습, 딸에게 사준다고 약속한 강아지, 친구와의 약속같은 일에 신경을 쓸 것인가. 이 세상 모든 것이 수면 아래로 잠수하고 마는 것을―. '에취' 하는 순간이야말로 아무 보이는 것도, 생각하는 것도, 두려운 것도, 놀라는 것도, 보고 싶은 것도 없는 지고지순(至高至純)의 경지, 찰나의 망아(忘我) 경지이다. 만일 천당에서 재채기의 '에취' 순간을 무한대로 연장해 준다고 하면 나는 지금 당장 천당행을 자원하겠다.

사람은 일생동안 재채기를 몇 번이나 할까? 내가 앞으로 할 재채기가 얼마나 남았는지는 모르지만 그 재채기를 모아서 한꺼번에 해버릴 수 있다면 그렇게 하고 싶다. 개나 고양이 같은 동물도 재채기를 하는지 나는 모른다. 한 번도 보질 못했다. 또한 아내처럼 재채기를 했다하면 두 번 연달아 하는 사람을 보면 바로 옆에서 폭발음을 듣는 것이 좀 성가시긴 해도 속으로는 얼마나 시원할까 몹시 부럽다. 한 가지 이상한 것은 결혼식이나 장례식 같은 엄숙하게 행동해야 할 자리에서는 재채기를 하는 사람이 거의 없다는 사실이다. 주례 앞에 선 신부가 갑자기 천정을 멍하니 노려보다가 '에취'하고 재채기를 하는 장면을 상상해 보라.

인간의 감정의 극을 경험하는 재채기 말고도 또 한 가지가 있다. 섹스를 할 때 사정 직전의 절정감, 영어로는 클라이맥스다. 섹스의 절정감과 재채기는 분명 비슷한 데가 있다. 첫째 둘 다 그것들이 일어나는 순간에는 짜릿, 아득하고 구름 위를 둥둥 떠가는 것 같은 망아감(忘我感)이 존재한다. 재채기는 섹스의 절정감보다 시간적으로는 더 짧지 싶다. 섹스의 절정감은 2~3초는 되지만 재채기는 0.1초도 되지 않는 것 같다. 콧속의 간질간질에서 거의 동시에 터지는 '에취'로 끝난다. 둘째, 둘 다 코카콜라를 마실 때처럼 뒤에 남는 여운이 그리 길지 않다. '에취' 뒤에 오는 마음의 고요와 안정은 내가 언제 그런 일이 있었느냐는 듯이 평상시로 돌아온다. 이에 반해 섹스의 절정감은 여운이랄까 파장이, 특히 여자의 경우, 좀 더 길다는 주장이 있다. 셋째 재채기를 하는 사람이나 섹스의 절정감이나 그것을 느끼는 감각적 쾌감은 이명(耳鳴)처럼 본인 이외에는 느낄 수가 없다.

조물주에 탄원서를 낸다고 하면 나는 인간에게 재채기의 '에취' 시간을 10배로 늘려주고 섹스의 절정감도 20배 정도 더 늘려달라고 하고 싶다. 아, 섹스의 즐거움은 봄 꽃 지듯 가버렸다. 늙어서 재채기가 줄어든다는 얘기는 못 들었으니 내 재채기 마일수(mileage)는 아직 좀 남아있지 싶다. 하루 종일 앉아서 재채기를 하고 또 하고 평생 할 재채기를 한 자리에서 다 할 수는 없을까? 권투나 레슬링 같은 흥분과 긴장이 높은 운동은 늙은이들의 심장에 무리가 가니 가급적 피해라, 이것도 피하고 저것도 피해라, 하지 말라는 게 왜 이렇게 많은가. 옛날 같으면 이런 충고는 대수롭지 않은 것으로 치부해버렸다. 그러나 이제는 천명(天命)을 거역하고픈 욕심 때문에 이런 충고를 대하는 태도가 이전과는 달라졌다. 그러다보니 내 즐거움이 어디에서 오랴? 재채기나 하고 또 하고 재채기 하는 기분으로 살며 망아(忘我)의 상태로 살아가고 싶다.

(2013. 6.)

정상과 비정상

생각과 행동이 정상적이 아닌 사람을 두고 우리는 '정신병자', '미쳤다' '돌았다' '사이코' '비정상' 등의 표현을 쓴다. 이 모두가 정상에서 벗어났다는 말이다. 그럼 정상 비정상은 무엇을 두고 하는 말인가? 이 말은 전문가들이 의견을 모을 수 있는 말로 정의를 내리기는 무척 어렵다. 위궤양이나 전립선암 같은 '있다' '없다'로 판정 내릴 수는 없다는 말이다. 이 세상에 100% 정직한 사람도 없고 100% 부정직한 사람도 없는 것과 마찬가지로 정상과 비정상은 계속선상에 있는 개념이기 때문에 두부 가르듯이 둘로 딱 갈라 얘기할 수는 없다. 예로, 남편이 죽고 3년이 지나도 슬픔에서 헤어나지 못하고 정상적인 일상생활 궤도에 오르지 못한 사람을 정상이라 해야 할까, 비정상이라 해야 할까?

일반적으로 정도가 매우 심한 비정상 혹은 정신질환 판정은 다음 세 가지 증후가 나타나는 지의 여부가 중요한 기준이 된다. 그 세 가지란 환각(hallucination), 망상(delusion), 극단적 감정장애(extreme affective disorder)이다. 환각이란 실제로는 없는 것을 있는 것처럼 보고 듣는 감각기관의 장애를 말한다. 하늘에서 어머님이 지금 내게 말씀하시는 것이 들린다는 것이 그 예다. 망상은 끊임없는 거짓 신념, 이를테면 자기가 대통령이라고 생각하거나 누군가 자기를 해치려는 음모를 꾸미고 있다는 것과 같은 생각, 믿음의 장애다. 마지막으로 극단적인 감정장애는 뚜렷한 이유 없이 심한 불안과 공포에 휩싸이거나 감정이 '얼어붙은'상태, 즉 어떤 일에도 희로애락의 감정을 보이지 않는 것을 두고 말한다. 예로 가족이 죽었는데도 아무 슬픈 감정을 보이지 않고 끝내 무표정한 상태로 있는 것은 극단적인 감정 장애로 볼 수 있다.

정신질환을 바라보는 시각은 크게 두 가지로 나뉜다. 첫째는 소위 의학적 모델(medical model)이다. 이 모델에서는 정신적 장애를 위궤양이나 폐렴 같은 질병(疾病)으로 본다. 그러니 정신병을 치료하자면 여느 신체 질환과 마찬가지로 진단을 먼저 하고 치료를 시작할 것을 주장하는 모델이다. 정신 '병(病)'이란 말이 이 의학적 모델에서 나온 것이다. 둘째는 유전-생리-심리-사회적인 모델로 모든 정신 장애는 생리 유전적 특성, 환경, 심리, 사회 문화적 요소의 복합적 영향에서 오는 적응문제로 보는 모델이다.

로젠한(D.Rosenhan) 교수가 40년 전에 발표했던 연구를 또 한 번 소개한다. 미국 스탠포드 대학교의 심리학과 법학 교수인 로젠한은 '정신병원에서는 (정신병이 없는) 정상인을 어떻게 볼까?'에 답을 얻기 위해 다음과 같은 실험을 했다. 즉 12명의 가정과 직장에서 문제가 없는, 어느 모로 보나 정상인들이 제각기 가짜로 정신병 증세를 보고하여 12개의 정신병원에 흩어져서 입원을 했다. 입원 수속을 끝내고 환자복으로 갈아입은 이들 12명의 가짜 환자들은 일반 사회에서 하듯 정상적인 행동을 하였다. 다시 말하면 정상적인 사람들이 가짜 증세를 진술하여 정신병원에 입원하고 나서는 병원 안에서 정상적인 행동을 했다는 말이다.

이들 가짜 환자들이 의사들로부터 무슨 말을 들었어야 할까? 아마도 "당신은 아무렇지도 않은 멀쩡한 사람인데 왜 여기 들어왔소?" 아니면 "당신은 완쾌되었으니 오늘 퇴원하시오." 같은 말을 들었어야 했을 것이다. 그러나 12개의 병원 어디에서도 이런 말을 해준 곳은 없었다. 12명 중 11명이 '정신분열증'이라는 진단을 받았고, 평균 19일이나 병원에 환자로 갇혀 있었다. 이들 가짜 환자들은 병원 안에서 '실험'을 했다. 즉 이들이 "의사 선생님, 저는 지금 아무 탈이 없는 것 같은데 퇴원해도 될까요?"와 같은 물음에 "어제 축구시합 퍽 재미있었지?"하는 엉뚱한 대답뿐이었다. 정신병이란 행동 자체보다는 정신병원이라는 주위 환경에 결정적인 영향을 받으며 일단 정신병 환자라는 칭호가 붙으면 모든 행동이 정신병 증후 행동으로 보인다는 것이다. 또한 정신병 환자로 낙인이 찍히면 인간적인 대접을 못 받는다는 일종의 사회적 고발이다. 이 같은 환자에 대한 동문서답식 대접은 정신과 의사가 제일 심했고, 임상심리학자, 사회사업가, 간호원, 기타 직원 순이었다.

많은 정신장애는 생리적, 유전적 요소보다는 사회, 문화적 요소와 더 밀접한 관계가 있다. 예로 동성애는 옛날에는 북미대륙에서 정신질환으로 간주되었으나 1973년 10월 미국 정신의학회에서 열띤 논쟁 끝에 정신질환 분류에서 빼는 것으로 결정이 났다. 그러니 한 2000년 세월이 흘러 북미대륙 사람의 99%가 동성애자가 된다고 가정해 보자. 그러면 그때 가서는 이성(異性)을 사랑하는 것이 정신질환으로 간주될 것이 아닌가. 그러니 정상, 비정상을 규정하기 위해서는 통계적, 임상적 면도 고려되어야 하지만 사회, 문화적인 면도 고려되어야 한다.

'비정상'에는 늘 사회적 오명(汚名)과 편견이 따라 다닌다. '바람끼' 있는 사람이란 말을 듣고 그 사람을 봤을 때 일어나는 묘한 생각의 지각 변동을 생각하면 된다. 우리 생각의 확인적 편견(confirmatory bias) 때문이다. 확인적 편견이란 자기가 이전부터 가지고 있던 생각이 '그러면 그렇지' 맞다는 것을 확인해줄 것만 골라서 보고 듣는 경향을 말한다. 이 확인적 편견은 특성이 모호하고 관찰 결과에 대한 해석 범위가 넓을 때 더 두드러지게 나타난다.

현재의 정신병 치료기술로서는 '완전' 치유란 불가능한 경우가 많다. '완전' 치유가 없는 한 비정상에 따르는 오명과 편견은 말끔히 사라지지 않을 것이다.

(2013. 4.)

자존감(自尊感)

성탄절이 가까워오는 12월 어느 날, 두 늙은이밖에 없는 이 한적한 집에 전화벨 소리가 요란하게 울렸다. 수화기를 드니 에드먼턴 얼음문학회의 K회장으로부터 온 장거리 전화. 내용인즉 오는 4월에 출간될 예정인 얼음문학회 회지(會誌)에 내 수필 한편을 싣고 싶으니 신작 수필 한 편을 보내주든지, 아니면 축하의 말 몇 마디를 보내달라는 원고청탁이었다. 겉으로는 "아이구 내가 뭘…." 하며 사양하는 척 했지마는 속으로는 여간 뿌듯하고 기분이 좋은 게 아니었다. 마치 마음속으로 애간장을 태우며 그리워하던 남자가 어느 날 자기에게 접근해 오는 데 겉으로는 "이럼 안돼요." "아이, 이러지 마세요." 하는 극히 미지근한 저항을 하며 그 남자의 품속을 파고 들고 마는 어느 처녀와 같다고 할까.

원고 청탁을 받으면 기분이 좋다. 나를 인정(認定)해 준다는 기분이 들기 때문이다. 이 세상에 남의 인정(認定) 받기를 싫어하는 사람이 있을까? 대부분의 사람들은 그들이 인정의 노예라 해도 지나친 말이 아닐 정도로 맹렬히, 그리고 끈질기게 추구한다. 그런데 인정(認定)의 절반은 남에게서 오는 것. 그러니 "남이 나에 대해서 어떻게 생각하든 나는 상관치 않는다." 따위의 말은 어릴 적에 병원에 가서 주사를 맞을 때 "나는 무섭지 않아" 같은 말을 해서 자기는 용감한 소년이라는 것을 만천하에 알리거나 태산이 울어도 끄떡 않는 의연함을 보여주자는 것과 마찬가지. 이 모두가 인정(認定)을 최대화하려는 몸부림이라면 내가 너무 야박할까.

인정(認定)이 자기 자신으로부터 올 때도 있다. 이를 두고 사람들의 자존감(自尊感) 혹은 자중감(自重感)이라고 한다. 자존감이 너무 높은 것도 탈이지마는 너무 낮은 것은 더 큰 탈이다. 자존감이 낮은 사람은 일반적으로 자기를 인정해주는 경우가 적으니 자기 자신을 긍정적으로 생각하지 못할 때가 많을 뿐 아니라 한 발짝 더 나아가서 자기 능력을 스스로 비하(卑下)하는 경우가 많다. 그러니 불행감이나 열등감을 더 자주 느끼게 된다.

1988년 미국의 저명한 인지 심리학자 테일러(S.E. Taylor) 교수는 정신적으로 건강한 사람들은 정신적으로 건강하지 못한 사람들에 비해서 자기 자신에 대해 긍정적이고 좋은 쪽으로 착각을 더 많이 하는데 그 중 하나가 성격 면에서 자기 자신을 너무 아름답고 거창하게 포장을 하는, 말하자면 과대평가를 한다는 놀라운 주장을 발표하였다. 정신적으로 건강하지 못한 사람이 아니라 정신적으로 건강한 사람이 자기 자신에 대해 더 큰 착각을 한다니 놀랍지 않은가? 테일러 교수는 이 주장을 위해서 이루 헤아릴 수 없을 정도의 많은 연구 결과를 끌어냈다. 착각이라 해도 자기를 긍정적인 쪽으로 끌어당기는 것이니 그는 이를 긍정적 착각(positive illusion)이라 불렀다. 예를 하나 들어보자. "남들이 당신을 얼마나 정직한 사람으로 보는지 10점 만점으로 답해보라"면 남들의 평균은 6점인데 자기 자신은 이보다 더 많은 9점으로, 또 "남들이 당신을 얼마나 잔인한 사람으로 보는지 10점 만점으로 답해 보라"면 남들은 평균 5점이나 자신은 이보다 5점이 더 적은 0점으로 평점을 한다는 것이다. 요컨대 긍정적인 특성에서 남들이 당신에 대해서 생각하는 것보다 자기 자신은 더 많은 것으로, 부정적인 특성에서는 남들이 당신에 대해서 생각하는 것보다 더 적은 것으로 생각한다는 말이다.

도(道)가 탁월한 경지에 오른 어느 스님 한 분이 독재 대통령 C씨에게 "네가 누구인지 네 자신에 대해서 잘 아느냐? 네 자신도 잘 모르는 사람이 어떻게 나라를 통치하려고 드느냐"는 요지의 편지를 보냈다는 신문기사를 읽었다. 자기 자신에 대해서 잘 알아야 나라를 이끌 수 있다고 생각하는 스님은 자기 자신이 누구인지 잘 아는지 되물어 보고 싶다. 한 가지 더 스님의 말을 되씹어 보자. 자기도 잘 모르는 사람이 나라를 이끌지 못한다는 근거는 어디에 있는가? 없다. 이 세상에는 자기 자신의 건강은 좋지 못해도 남의 건강은 잘 돌봐주는 의사도 많고 자기는 가난하지만 남의 돈은 잘 벌게 해주는 재정상담가도 있다.

높은 도덕적 경지에 오른 고승(高僧), 저명한 학자, 사상가, 정치가들 중에는 남의 인정(認定)은 허무한 것이라고 이를 맹종하는 세상 사람들을 비웃는 사람들이 있다. 이런 사람들 대부분은 자기들은 과거에 이미 남의 인정(認定)을 많이 받아서 소위 스타 반열[stardom]에 오른 사람들이 아닌가. 마치 어느 백만장자가 말년에 이르러 "돈, 지위, 명예가 한 조각 구름일 뿐"이라고 탄식하는 것과 마찬가지—. 등록금 낼 돈이 없어서 학교를 포기해야 하는 가정형편이 어려운 학생들에게 돈과 명예 그 어느 것도 뜬구름처럼 허무한 것이라고 하는 것은 허기진 사람에게 짜장면 한 그릇을 탐내는 것은 아무 소용이 없는 허무한 것이라는 말과 마찬가지가 아니겠는가.

(2011. 12.)

6부

낙오자

가는 해의 취상(贅想) | 제갈공명 | 늑대

<난중일기> 그리고 이순신 | 만고(萬古)의 진리 | 성(性)대결

공동묘지 | 한시(漢詩) 유감 | K와 고향

낙오자 | 청상과부(青孀寡婦) | 오세암(五歲庵) | 뭉게구름

가는 해의 취상(贅想)

2013년 계사년이 간다. 온 지가 바로 엊그제 같은데 달력이 후딱후딱 넘어가더니 앞으로 몇 밤만 자면 새해란다. 10대, 20대 젊은 시절에는 나도 하루 빨리 어른이 되고 싶었다. 나도 어른이 되어 술 마시고 담배도 피우며 어른이 누리는 복락은 다 누리고 싶었다. 예쁜 아내와 좋은 집에서 경제적 어려움 없이 귀여운 자녀들을 거느리고 싶은 생각―. 이런 생각은 모든 사람들이 원하는 소원이겠지만 그때 나는 세상 물정 모르고 이런 진부한 생각은 의대나 법대를 지원하는 아이들이 많이 가지는 고리타분한 생각으로 치부해 버렸다. 큰 오산!

그렇다고 나는 진보적이고 번듯한 일생을 꿈꾸는 젊은이도 아니었다. 그저 해주는 밥이나 먹고 하릴없이 이리저리 쏘다니기만 하는 거리의 건달. 대학에서 진보적인 생각을 가진 아이들 몇 명이 함께 손잡고 사회운동을 하자며 접근해 왔으나 손사래를 치고 말았다.

대학교 3학년 때 4·19가 터졌다. 그날 수업은 모두 폐강이 되고 우리는 거리로 뛰쳐나왔다. 학교 공부가 지옥보다도 더 지루하고 싫던 나에게는 신이 내린 선물. 부정투표가 있었고, 마산 항쟁이 일어나고, 경찰 손에 죽은 김주열의 시체를 바다에서 끌어올렸다고 야단들이었으나 나는 별다른 의분도 느끼지 못했다. 참으로 시대의 지진아(遲進兒)요, 정의감이라든가 사회적 책임이나 의식 같은 것은 찾아볼 수 없는, 그저 하루 세 끼 밥만 축내는 '식충'이었다.

그런데 우리 데모대가 경무대 가까이 갔을 때다. 경찰이 우리를 향해 총을 쏴대자 경상도에서 서울로 유학을 와서 같은 반 학우가 된 조용한 친구 하나가 "무기고에 불 지르러 가자"고 내손을 잡아 끄는게 아닌가. 나는 겁이 나서 "그런 위험한 짓은 안 하겠다"며 거절했다.

하루는 아버지께서 "내 모교의 영어교사 자리에 동렬이 너를 약속 받았다"며 그 고등학교 이사진과 두터운 교분을 은근히 뽐내셨다. 나는 한 마디로 이를 거절했다. 내 살 길은 내가 해결해야지…. 그 대신 나는 두 가지 일에 정력을 기울였다. 첫째는 틈만 있으면 동방연서회에 가서 붓글씨를 익히는 일이요, 둘째는 가정이 불우하여 정규 중고등학교에 못가는 청소년들을 가르치는 일을 맡아서 1년 조금 넘게 봉사를 했다. 내가 바로 〈상록수〉의 주인공 같은 생각을 하니 속으로 우쭐해하는 생각이 들었다. 사회운동에 예민한 감각을 가진 피 뜨거운 청년 같았으면 그 때의 경험이 시민 운동가로서의 좋은 밑거름이 되었을 것이다. 그러나 나는 예리한 관찰력도 성의도 없는 그저 평범한 몽상가에 지나지 않았다.

4·19때 무기고에 불 지르러 가자며 내 손을 잡아끌던 친구는 어느 대학교에 평범한 교수로 있다가 나보다 1년인가 2년 먼저 은퇴를 했다. 한 가지 신기한 것은 53년 전 무기고에 불 지르러 가자고 내 손을 잡던 녀석이 지금은 소위 극우로 완전 전향을 했다는 사실이다. 박근혜 대통령이 미국 가서 국회에서 연설을 하고 있을 때 술집에서 인턴 아가씨와 술을 마셔 문제가 된 청와대 대변인 Y씨의 실수도 좌파 종북세력이 쳐놓은 덫에 Y씨가 걸려든 것이라는 요지의 전자우편을 내게 보내 올 정도로 극우편으로 기울어져 있었다.

50년이 넘어 흐른 사이에 일가친척, 친구들은 뿔뿔이 흩어지고 어쩌다가 나만 찬바람 부는 캐나다에 남아있다. 외롭다. 이 나이에 좌파 우파 따져 뭘 하겠다는 것일까. 이 겨울이 지나면 봄이 올 것이다. 그때 우리 가슴을 데워 줄 따뜻한 일이라도 생길까. 목숨이 위태로워질수록 늙은 어부는 하늘의 별을 헤인다고 한다. 어디 우리도 몸을 건강하게 지키며 기다려 보자. 설사 우리의 가슴을 따뜻하게 해 줄 좋은 일은 오지 않더라도 기다린 덕분에 신체적 건강은 지킬 수 있었을 테니 큰 손해 본 것은 없지 않는가.

(2012. 12.)

제갈공명

제트기가 태평양 바다 위를 날고 전자우편이 몇 초 사이에 대륙을 왔다갔다 하는 이 과학문명시대에 무슨 죽은 지가 1,800년이 가까워오는 제갈공명이냐고 뜨악해하는 사람들이 많을게다. 제갈공명은 우리가 어려서 읽은 소설 〈삼국지〉에 나오는 귀신도 부리는 병법의 귀재로만 알 뿐이지 그가 실제 인물이었다고 기억하는 사람은 드물다. 그래서 나는 언제고 실존 인물로서의 제갈공명에 대한 글을 쓰고 싶었다. 그의 뛰어난 지략과 인간성은 오늘날 현대인에게도 좋은 본보기가 된다는 확신을 가지고—.

세상 사람들에게 제갈공명으로 알려진 사람의 제갈(諸葛)은 성이요, 공명은 자(字), 이름은 량(亮)으로 181년 한(漢)나라 영제 때 지금의 산동성, 낭야군의 지방관 둘째 아들로 태어났다. 어려서 부모를 잃고 몸을 의탁했던 숙부가 죽자 융중이란 곳에서 초가를 짓고 농사를 지으며 경전과 역사를 공부하며 살았다. 207년 훗날 촉(蜀)을 세운 47살 유비가 27살 공명을 세 차례 방문, 유비의 초빙에 응하여 그를 도와 천하통일의 대업에 참여하게 되었다. 군사 장군, 승상 등의 크고 중요한 벼슬은 다 지냈으며 234년 12월 8일 통일의 대업은 이루지 못한 채 오장원 싸움터에서 지병이 악화되어 54살로 마지막 숨을 거두었다.

위에 적은 것만으로 보면 제갈량은 어느 평범하고 유능한 정치가나 장군에 지나지 않는다. 후세 사람들이 제갈량을 잊지 못하는 것은 그의 천하의 온갖 이치를 꿰뚫는 총명함과 어느 누구도 따르지 못할 비범한 책략은 물론 그가 유비 진영에 가담하고 나서부터 보여준 불굴의 의지와 변함없는 충성심, 공명정대하며 검소한 자세와 부지런히 노력 실천하는 모습 때문이다. 오늘날에도 서남 지역의 카와 족 사이에서는 제갈량이 자기들의 선조들에게 집 짓는 기술과 대바구니 짜는 방법을 가르쳐 주었다는 이야기가 전해 오고 있다.

병이 들어 임종석에 눕게 된 54살의 유비는 제갈량을 불러 "내 자식 선은 노둔하기 짝이 없는 아이요, 만약 보좌할만 하거든 보좌하여 천하의 주인이 되게 하고 그렇치 않거든 그대가 나라를 차지하십시오."라는 요지의 간곡한 유언을 남겼다. 어리석기로 이름난 새 군주 유선 밑에서 제갈량은 온 힘과 정성을 다하여 어린 군주를 보좌했다. 227년 제갈량은 전군을 이끌고 북쪽 위나라

정벌에 나섰다. 출정에 앞서 그는 유선에게 출사표(出師表)라는 그의 충정을 쏟아 부은 장문의 의견서를 바쳤다. 천하명문인 이 글을 보고 눈물을 흘리지 않는 사람은 인간이 아니란 말이 나올 정도로 읽은 사람의 폐부를 찌르는 글이다.

동양의 수필은 일반적으로 자기 신상에 대한 고백을 좋아하는데 공명의 출사표나 최남선의 독립선언문 같은 글은 이런 범주에 들어가는 글은 아니지만 워낙 사람의 심금을 울리는 글이라 수필 범주에 넣는 사람도 있다.

> 선제 창업이 반도 못되어 중도에 붕조하시고 천하는 삼분되고(촉, 오, 위) 익주는 피폐하니 참으로 위급 존망이로소이다. … 신은 본래 벼슬이 없는 선비로서 남양 땅에서 농사를 지으며 어지러운 세상에 목숨을 보전하려고 했을 뿐 세상에 나아가 벼슬을 쫓아 일신의 영달을 꾀할 생각은 추호도 없사옵니다. 그러하오나 선제께오서 신의 비천함을 탓하지 아니 하옵시고 높으신 몸을 굽히어 세 차례나 거듭 신의 거처를 찾아오셔서 당세의 시무를 물으셨습니다. 신은 여기에 감격하여 선제를 위하여 일신을 바칠 것을 맹세하였습니다…

읽는 이의 폐부를 찌르는 눈물 없이는 읽어 내려가기가 힘든 충정과 절개가 곳곳에 엿보인다. 인간 역사를 살펴보면 자기 군주가 살아있을 때는 충성을 맹세하다가도 군주가 죽거나 권력에서 밀려나면 바로 그 이튿날로 뒤돌아서는 사람들이 많다. 그러나 제갈량처럼 본래 주인은 가고 명민하지 못한 새 주인이 들어섰는데도 끝까지 충성을 다한 예는 그리 많지 않다. 촉과 싸우던 위(魏)가 그렇다. 위를 세운 조조가 죽고 난 후 사마의의 세력이 날로 커져갔다. 그런데 이 사마의는 제갈공명과는 달리 처음부터 위나라 신하로서 위나라의 왕위를 빼앗을 야심을 가졌다. 그러나 이를 깊이 숨기고 그의 아들들과 거짓 충성하고 거짓 복종하는 태도를 취하지 않았던가. 결국 위나라를 멸망시킨 것은 사마의와 그의 아들들이었다. 이에 반해 제갈량의 충성에는 한 점의 불순물도 찾아 볼 수가 없다.

물론 현대 사회에서 충성심이니 절개니 하는 말은 별 의미가 없다. 그러나 충성심이란 말과 가장 가까운 현대어는 정성과 신의라고 볼 수 있다. 정성과 신의는 현대 사회생활 어느 구석에서도 없어서는 안될 덕목이 아닌가. 제갈량의 정치는 사심이 없이 공평하였다. 예로 자기 측근에 마속이라는 장수가 있었다. 그런데 마속이 북벌 때 제갈량의 작전 명령을 어겨 전략상의 요충지를 잃게 되자 군법의 존엄성을 보이기 위하여 눈물을 흘리며 마속을 처형하였다.

고등학교 국어 고문(古文)시간 〈두시언해〉를 배울 때 중국의 시성(詩聖) 두보가 제갈량의 사당을 찾아 지은 〈촉상〉이라는 시가 생각난다.

승상의 사당을 어디서 찾으리오/ 금관성 밖 잣나무가 울울한데로다/ 세 번씩이나 찾은 것은 천하를 위해서요/ 두 왕(유비, 유선)을 섬긴 노신(老臣)의 충성스런 마음이라/ 군사를 출동시켜 이기지 못하고 먼저 죽으니/ 영웅으로 하여금 눈물이 옷깃을 적시게 하누나

(丞相祠堂何處尋 … 長使英雄淚滿襟)

오수형이 편역한 〈제갈공명: 난세를 건너는 법〉을 보면 제갈량은 병이 심해지자 묘지의 선택과 장례 등 사후의 일을 일일이 지시하며 검소하게 치를 것을 부탁했다고 적혀있다. 그리고 그는 유선에게 다음과 같은 글을 올렸다.

제가 전에 선제를 모실 생활 비용을 국가에 의존했었으므로 제 나름의 다른 조치는 없었습니다. 지금 저에게는 성도에 뽕나무 팔백 그루가 있고 척박한 땅이나마 열다섯 경(頃)이 있으니 자식의 의식을 해결하기에는 넉넉합니다. … 따로 수입이나 지출없이 입고 먹는 의식 문제를 모두 국가에 의존하면서 별 달리 재산을 증식하지 않았사오니….

1,700년이 넘는 세월이 흐른 오늘날, 한국의 고등관리 중에 제갈량을 닮은 사람이 하나라도 있을까? 신문 방송을 통해서 보면 없다. 모두가 탐관오리요 도둑놈 같아 보인다. 모두가 자기 재산 긁어모으기에 정신이 없고 이름 낼 기회라도 있으면 그 어떤 전향

이라도 서슴지 않을 무리들—. 이들은 제갈량 같은 좋은 본보기를 두고도 그 무엇을 찾으려는지 성경을 뒤지고 찬송가를 부르고 불경을 외운다.

한자 문화권인 동양인에게는 공명은 지혜의 상징, 충성스런 신하의 표상이다. 그의 이상은 원대하였고 실천은 근면하였다. 갈수록 황폐해가는 우리의 마음속에는 제갈량이라는 이름 석 자가 흠모와 존경과 부러움의 대상으로 남아있다. 본보기가 될 만한 좋은 지도자가 없는 현실 때문인가?

(2013. 5.)

늑대

묵은 잡기장(雜記帳)을 뒤적이다가 다음과 같은 어느 전문가가 발표한 늑대의 특성에 관한 발표를 적어둔 것이 눈에 띄었다.

늑대: 늑대는 한 평생 한 마리의 암컷만을 사랑한다 ; 늑대 자신의 암컷과 새끼들을 위해 목숨까지 바쳐 싸우는 유일한 포유류(哺乳類)다; 늑대는 사냥을 해오면 암컷과 새끼들에게 음식을 먼저 양보한다 ; 늑대는 제일 약한 상대가 아닌 제일 강한 상대를 선택해 사냥한다 ; 늑대는 독립한 후에도 종종 부모를 찾아와 인사를 한다 ; 늑대는 인간이 먼저 그들을 괴롭히지 않는 한 인간을 먼저 공격하지는 않는다.

정말 그럴까? 평생 늑대를 관찰하고 그 행동을 기록한 사람의 보고이니 사실과 크게 빗나간 말은 아닐 것이다. 앞의 묘사를 보면 늑대는 집안에서 자기 자식들을 끔찍이 사랑하는 자정(子情) 많은 아버지요 밖에서는 약한 상대보다는 강한 상대를 골라 사냥을 하는 사나이 중의 사나이다. 또 독립한 후에도 부모를 찾아와 인사를 한다고 하니 효행(孝行)도 지극한 편.

특히 일평생 사모님 한 분만 모시고 산다하니 이 세상에 이보다 더한 애처가가 어디 있을까. 내가 알기로는 짐승 중에 부부간 사랑이 이 정도로 돈독한 것들로는 원앙새 밖에 없다. 원앙은 자기 배우자가 죽으면 먹지도 마시지도 않고 며칠을 울기만 하다가 피를 토하고 죽는다고 한다.

셰익스피어 비극의 주인공 햄릿(Hamlet)처럼 "상여를 따라가는 눈물도 마르기 전에" 또 다른 배우자를 찾는 인간의 모습과는 좋은 대조가 된다. 나는 앞으로 부부의 인연을 맺는 청춘 남녀의 결혼식 주례라도 설 기회가 있으면 "당신이 늑대라면 정말 늑대 같은 신랑이 되라"고 신부 옆에서 땀을 흘리고 있는 애숭이 늑대에게 당부하려고 벼르고 있다.

이렇게 인간답게 살아가는 늑대를 왜 그다지도 흉물스럽고 포악한 짐승으로 볼까? 내 대답은 잘못된 신념과 믿음 때문으로 볼 수 있지 싶다. 잘못된 신념은 복잡한 정보의 바다 속으로 유목화(類目化, categorization) 하는 과정에서 생긴다. 유목화는 우리가 세상을 더 쉽고 빠르게 이해하도록 간추려 주는 역할을 하는 개념 형성의 필수적 요소. 유목화 하는 능력이 없다면 우리는 개념이 없이 쓰나미처럼 밀려오는 각종 자극에 방향을 잃고 정처 없이 표류하고 말 것이다. 무수한 묘사들을 간추려서 '탈북자'니 '오렌지족' '바람둥이' '좌빨' '학자'니 하는 개념 덕분에 얼마나 빨리, 그리고 쉽게 이 세상을 이해할 수 있는지. 잘못된 믿음이나 신념은 태도, 습관이나 인간의 사회적 행동이 형성되는 것과 같은 과정을 밟아 형성 발달된다.

대부분 사람들은 자연 상태에서 늑대를 본 적이 없다. 늑대가 사람을 해치거나 다른 짐승에게 행패를 부리는 것을 본 적은 더더구나 없다. 그러니 늑대를 부정적으로 묘사한 책이나 이야기를 듣고 '늑대는 포악 음흉한 짐승'이라는 잘못된 신념에 이르고 만다. 이 잘못된 신념이 변경될 기회가 없이 그대로 굳어진 신념은 그대로 남아있게 된다. 만일 늑대가 개나 고양이처럼 아침저녁으로 볼 수 있다면 늑대에 대한 우리 생각이나 믿음은 많이 달라졌을 것이다. 늑대를 본 적이 없으니 늑대와 경험도 있을 수 없다. 다른 사람들의 이야기나 책, 간접적인 정보로 늑대라는 개념이 생기고 잘못된 믿음과 신념이 형성된다. 이렇게 한 번 형성된 믿음은 여간해서 바뀌지 않는다. 믿고 있는 것과 반대되는 정보가 나와도 그 정보를 무시 혹은 지나쳐 버리거나 의도적으로 받아들이지 않는 경우가 많다. 물론 직접 경험으로 형성된 믿음이라고 해서 잘못된 믿음이 없다는 것은 아니지만—.

늑대로 시작한 얘기가 턱없이 길어졌다. 한 마리 짐승에 지나지 않는 늑대에 대해 잘못 형성된 믿음이 이렇게 오래도록 없어지지 않고 있는 것을 보면 우리의 다른 믿음도 얼마나 허무한 근거 위에서 생겨나고 이 잘못된 믿음과 신념이 얼마나 끈질기게 오래 달라붙어 대를 물리는가를 알 수 있다. 신기하다기 보다는 무서운 생각이 든다.

(2012. 1.)

〈난중일기〉 그리고 이순신

내가 이순신 장군이란 사람이 있다는 사실을 언제 알았을까? 분명한 기억은 없다. 초등학교 4~5학년 때 을지문덕, 연개소문, 김유신이니 하는 장군들의 이야기를 만화로 읽은 기억이 나니 이순신 장군도 아마 그때 만화로 알았지 싶다. 대학교 4학년 때 였던가. 박정희 군사정권이 들어서면서 자기네 정권체제 유지를 위해 갑자기 구국(救國)의 영웅 이순신을 들먹였다. 박정희를 나라를 어려움에서 건진 이순신에 비유하란 말. 아무튼 나 같은 얼간이도 그 선전의 희생물이 되어 이순신이 전란 중에 쓴 〈난중일기〉를 한 권 구해서 읽다가 20쪽을 못 넘기고 덮어버린 적이 있다.

저자에 따라 내용이 서로 다른 〈난중일기〉 중 이번에 집어든 송찬섭 님이 엮은 것을 포함하면 이번이 두 번째 정독이다. 임진왜란 7년 동안에 쓴 〈난중일기〉의 친필 초고는 정조 19년 왕명으로 펴낸 〈이충무공 전서〉에 실렸다. 〈난중일기〉란 책 이름도 이때 책을 편찬한 사람이 편의상 이름을 그렇게 붙인 것이 오늘까지 그대로 내려 온 것이다. 〈난중일기〉는 전쟁 그 자체에 대한 정황뿐 아니라 인간 이순신의 면모를 보여주는 장면이 많다. 예로 당시 수군에는 천민이 많았다. 각종 무기를 만들고 거북선을 만들던 장인들, 이순신이 잠 못 이룰 때 거문고를 타고 피리를 불어주던 부하들에 대해서도 이순신은 꼼꼼히 기록해 두는 것을 잊지 않았다. 부하가 추위에 떠는 것을 보고 자기 옷을 벗어준 이야기도 있다.

이순신은 날마다 전쟁 준비, 어머님 걱정, 자식, 부하들 걱정에 잠 못 이루고 불면증, 소화불량, 호흡기 질환으로 밤새도록 잠을 못 이룰 때도 있었으나 이튿날 싸움에서는 "죽으려 하면 살고 살려고 하면 죽는다"를 외치는 표범으로 변하여 앞에 서서 부하들을 독전하였다. 철저한 준비와 정확한 정보 수집으로 적의 상태를 파악하여 수십 번이 넘는 해전에서 한 번도 패한 적이 없는 명장 이순신.(임진 8월15일) "… 가을 기운이 바다에 들어 나그네의 가슴이 어지럽다. 혼자 배의 뜸 밑에 앉아있으니 마음이 몹시 산란하다. 달빛이 뱃머리에 들고 정신이 맑아져서 누워서도 잠을 이루지 못하는데 어느덧 닭이 우는구나.…"(19일) "저녁에 광양 현감이 진주에서 전사한 장병들의 명부를 보내왔다. 보고 있노라니 가슴이 아파 견딜 수가 없었다.…"

본관이 덕수인 이순신은 서울 건천동에서 태어났다. 많은 사람들이 이순신의 고향으로 잘못 알고 있는 아산은 이순신 어머니의 친정으로 소년 순신이 유년시절을 보낸 곳이다. 이순신은 풍채가 그리 대단하지는 않았던 모양이다. 이순신과 같은 해에 무과에 급제한 고상안(高尙顔)에 의하면 "순신은 말과 논리와 지모가 난리를 진압할 만한 재주이나 용모가 풍만하고 두텁지 못하여 관상도 입술이 말려 올라간 듯 뒤집혀 복장(福將)은 아니라고 여겼다." 고 그의 〈태촌집〉에 적었다.

이순신은 당시 영의정 서애(西厓) 류성룡의 천거로 정읍 현감에서 전라좌도 수군절도사에 임명되었다. 그야말로 파격적인 인사다. 그러나 그가 동인(東人)의 추천을 받았기 때문에 그를 시기하고 모함하는 사람들이 많았다. 경상우도 수군절도사 원균도 그 중 한 사람. 이순신은 모함으로 직함, 계급을 모두 빼앗기고 죽음 직전까지 갔다가 서애의 지극한 변호로 간신히 풀려나와 백의종군 하였다. 그것도 처음에는 수군이 아니고 육군에 배치되었다가 나중에 수군으로 옮겼다. 이순신을 대신하여 삼도수군절도사가 된 원균은 무모한 전술을 구사, 칠천량 해전을 시작으로 대패에 대패를 거듭하다가 남은 것이라고는 전선 12척 뿐이었다.

왜군에 대적해 싸울 의지도 용기도 없는 조선 조정은 아예 수군을 폐하라는 명령을 내렸다. 이 통곡할 상황에서 이순신은 "신(臣)은 아직 살아있고 12척의 전선이 남아있으니(微臣不死尙有十二) 신이 죽지 않는 한 적이 감히 우리 수군을 허술히 보지 못할 것입니다.”라는 눈물의 장계를 올린 후 330척의 적선을 명량해전에서 대파하였다. 이러한 이순신의 충의는 요새 사람들도 감동의 눈물을 떨구게 한다. 이를 생각하면 그에게 성웅(聖雄) 이란 말은 열 번을 해도 모자란다.

사가(史家)들은 당시 집권당이 이순신의 '죄'를 떠들고 죽이려고 한 것은 이순신을 추천한 남인 류성룡을 때려잡기 위한 것이었다고 한다. 당시의 위정자들은 전쟁에서 공로를 세운 장군들을 뒤에서 밀어주기는커녕 그들을 모함하기 시작했다. 의병을 일으켜 말할 수 없이 큰 공적을 세운 망우당(忘憂堂) 곽재우, 광주의 김덕령 장군 같은 사람들에게도 칼끝을 겨누었다. 김덕령은 서울로 압송되어 고문 끝에 죽고, 곽재우는 모든 것에 실망하여 영영 세상을 등지고 숨어버렸다. 그야말로 토사구팽(兎死狗烹 : 토끼를 다 잡으면 사냥개를 삶는다는 것으로 요긴한 때는 소중히 여기다가도 쓸모가 없게 되면 쉽게 버림을 비유하는 말)이다. 나랏일에는 관심이 없고 서로 밀고 당기는 당파싸움에만 바쁜 나날을 보내는 인간 구더기들은 예나 지금이나 정치의 중앙무대에서 활개를 치고 있지 않는가.

후세 사람들은 일본을 사신 자격으로 다녀온 황윤길과 김성일이 보고를 서로 다르게 하여 전쟁준비를 소홀히 해서 임진왜란이 더 비참한 전쟁이 되었다고 한다. 그것도 헛말. 조선에서는 이미

왜가 침범해 올 것을 알고 그 전쟁준비의 일환으로 이순신, 이일, 신립 장군 같은 사람의 인사이동을 하지 않았던가. 무능한 선조도 나름대로 전쟁 준비를 했던 것이다.

임금이 뒤에서 '이순신 장하다'고 칭찬해 줬던가, 재상들이 밀어줬던가, 아니면 동료, 졸개들이 박수를 쳐 줬던가, 어디까지나 혼자 힘으로 고군분투하던 이순신은 그가 가신 후 400년이 넘는 세월동안 이 겨레의 큰 별이 되어 보석같은 빛을 내뿜고 있다.

(2012.)

만고(萬古)의 진리

나는 한국을 드나들 때마다 공항 세관원들을 눈여겨보는 버릇이 있다. 그들과 정면으로 눈이 마주칠 때면 아무 잘못이 없는데도 공연히 겁이 난다. 조상대대로 시달려온 관존민비(官尊民卑) 사상의 DNA가 아직도 내 핏속에 섞여 흐르고 있어서 그런가. "저 세관원들은 얼굴 한번 쓱 훑어봐도 내 짐 속에 뭐가 들어있는지 훤하게 알겠지…" 하는 나의 반신반의의 궁금증을 버리지 못하고 있다.

이 세관원들의 신통력을 알아볼 좋은 기회가 왔다. 매년 5, 6월이면 대구에 있는 D대학에 가던 김포공항 시절, 한 번은 대한항공 바로 내 옆자리에 앉은 승객이 자기는 김포공항, 김해공항, 인천, 마산, 부산세관 등을 다니며 세관원으로 30년 넘게 일하다가 불과 몇 달 전에 만기 퇴직을 했다는 게 아닌가. "오냐, 너 잘 만났다."

대뜸 내가 평소에 궁금해 하던 질문, 즉 "선생님은 사람을 쓱 한 번 훑어보면 그 사람 보따리 속에 숨겨가지고 오는 금지품이 들어있는지 아닌지를 알 수 있습니까?"를 물어봤다. 대답은 곧바로 나왔다. "모르지요. 그걸 내가 어떻게 압니까? 가끔 내가 "여권 좀 봅시다."하면 깜짝 깜짝 놀라고 안절부절못하는 승객 몇몇을 빼고는 도저히 알 길이 없지요."

세관원이 당면하는 이런 문제는 일반 사람들이 겪는 인상(人象) 형성이랄까 사람 지각(知覺)과 깊은 관계가 있다. 남을 어떻게 보느냐는 것은 사회심리학의 오랜 관심거리의 하나. 재판정에서 증인 A를 처음 볼 때 우리 뇌(腦)에서는 무엇이 일어나는가? 우리의 뇌는 비밀히 A가 얼마나 믿을만한 사람인가[trustworthiness]를 거의 즉각적으로, 정확히 말하면 38밀리 세컨드 안에 판단해 버린다. 마치 우리가 영화를 볼 때 제일 먼저 찾는 것이 영화에 등장하는 배역들이 '저 사람은 좋은 사람인가 나쁜 사람인가'인 것처럼 '저 놈이 어느 정도 믿을 만한 사람인가'하는 것이 사람 지각 요소의 대부분을 차지한다.

브리티시 컬럼비아 대학교의 심리학자 포터(Porter) 교수에 의하면 이렇게 지극히 짧은 순간에 형성된 A에 대한 인상은 일단 형성이 되면 좀처럼 바뀌지 않으며 심지어 법정에서 A가 유죄냐 무죄냐를 결정하는 데 큰 역할을 한다고 한다. A의 표정을 잘못 판단하는 날에는 가정이나 직장에서 큰 실수, 이를테면 법정에서 배심원들이 억울한 누명을 쓴 혐의자를 구할 수 있는 결정적인 증거를 놓쳐버릴 수도 있고 무고한 사람을 죄인으로 몰아넣을 수도 있는 큰 실수를 저지를 수 있다는 것이다.

포터 교수에 의하면 극히 짧은 순간, 즉 단 1초도 안 되는 시간에 뇌(腦)는 A의 얼굴을 보고 그가 믿음성이 높은 사람인지 아닌지를 다음 방법을 동원해서 판단한다고 한다. 첫째, 증인 A의 얼굴에 격렬한 사람들과 비슷한 점, 이를테면 얼굴이 풍기는 남성성 정도와 지배욕이 있는지를 판단한다. 남성성이 높은 사람은 얼굴이 넓고, 남성 호르몬이 많아서 어딘지 사나이다운 면이 많다. 이에 비해 얼굴이 어린 아이 같은 동안(童顔)은 지배적이지 않고, 어딘지 친절하고 신뢰감을 주는 인상이다. 둘째, 얼굴에 분노의 흔적이 있는지를 본다. 우리의 뇌는 얼굴이 모나고 눈썹이 거세고 입술이 얇고, 어딘지 분개한 감정이 있어 보이는 사람에게는 분노가 많은 점수를, 균형이 잡힌 동안(童顔), 즐거워 보이거나 웃음기를 띤 사람들에게는 낮은 점수를 준다. 그리고 믿음성 평정을 낮게 받은 사람들에게는 유죄(guilty) 판결을 더 많이 내린다.

사람들은 살인용의자로 잡힌 사람들이 "진짜 살인자 같이 보인다."고 수군거린다. 도대체 진짜 살인자는 어떻게 생겼다는 말인가? 진짜 바람둥이는? 그리고 진짜 바람둥이요 동시에 진짜 살인자는 어떻게 생긴 사람일까? 교사나 재판관, 의사나 경찰관 같이 사람을 자주 대하는 사람들이 "나는 사람 한 번 척 보면 이 사람이 어떤 사람인지 알 수 있다"고 자기의 사람 보는 눈을 뽐내는 것을 가끔 본다. 그것은 흔히 자기의 편견을 말해주는 것에 지나지 않는다.

대기업 삼성에서 십 수 년간 몸담았던 사람이 화가 나서 삼성의 어둡고 수치스러운 경영방식을 마구 세상에 폭로하는 고위 간부, 20년이 넘는 세월을 한 회사에서 충실하게 일하던 경리 직원이 수백 억의 회사 돈을 빼내서 해외로 잠적, 이 모두 사람 보는 눈이 있는 사람이 없어서 생긴 일은 아니다. "열 길 물속은 알아도 한 길 사람 속은 모른다."는 말은 만고(萬古)의 진리다.

(2011. 8.)

성(性)대결

3월 8일은 '세계 여성의 날'이다. 미국, 캐나다, 멕시코, 스페인, 과테말라, 세르비아 등 세계 거의 모든 나라에서 이 날을 기념하는 행사에 바쁘다. 행사내용도 가지각색. 어떤 나라에서는 여성의 권리를 홍보하는 세미나, 사진전, 강연 같은 비교적 조용한 행사를 하는가 하면 어떤 나라에서는 낙태 지지, 혹은 낙태 반대 같은 특정 이슈(issue)를 걸고 시끄럽고 격렬한 길거리 시위를 한다.

여성은 자기 몸에 일어나는 일은 자기 스스로가 통제할 권리가 있어야 한다는 게 낙태를 지지하는 사람들의 입장이고, 뱃속에 있는 태아(胎兒)도 하나의 생명체인데 함부로 낙태를 허용하는 것은 살인행위나 마찬가지라는 것이 낙태를 반대하는 사람들의 입장이다. 특히 캐톨릭 신자들이 많은 스페인 같은 나라에서는 반대

세력이 압도적으로 우세하다.

어느 나라 행사를 봐도 행사의 골자는 하나같이 '여성은 남성에게 많은 권리를 빼앗겼으니 이것을 되찾아 남녀 힘의 균형을 이루어야 한다.'는 주장이다. 권리를 빼앗겼다니 애당초 그 권리를 다 가지고 있었는데 남성에게 빼앗겼단 말인가? 고개가 갸웃둥해진다.

잠시 태곳적 동굴 생활로 돌아가보자. 인간의 존재 목적은 자기의 유전자를 되도록 많이 뿌려놓는 것이다. 즉 자기 자식을 많이 많이 생산하는 것이 이 목적에 부응하는 것. 그러니 이 목적 달성을 위해서는 이성(異性)의 확보는 필수적이다. 그 시절 인간 사회에서 전쟁이 일어나는 주요한 원인의 하나는 한 가지 자원(資源), 즉 이성(異性)과 이성을 차지하는데 도움이 될 자원을 확보하려는 욕심 때문이었다. 그런데 여성 대 남성 갈등에서는 같은 자원을 두고 경쟁하는 것도 아닌데 무슨 이유로 갈등이 생길까?

진화 심리학으로 보면 두 성(性)간에 갈등은 남성과 여성이 쓰는 책략의 근본적인 차이 때문에 일어난다. 남성과 여성은 성(性)적 욕구 만족에 대한 책략이 다르다. 그 중 가장 큰 책략의 차이는 남성은 성(性)적으로 적극적인 반면 여자는 소극적이라는 사실이다. 또 남성은 성적 욕구를 비교적 짧은 시일 안에 만족하기를 바라고, 여성은 성적 욕구 만족을 연기하는 성향이 있다. 그러니 두 성(性)이 같은 욕구를 동시에 만족할 수는 없다.

만일 어떤 여자가 상대 남자가 자기에 대해 좀 더 깊은 관심과 애정을 보일 때까지 성적 욕구 만족을 늦추는 데 반해, 남자는 빠른 시일 안에 성적 욕구 만족을 서두른다면 두 책략은 갈등을 일으키게 된다. 이런 갈등은 성적 욕구 만족시기에서만 일어나는 것은 아니다. 구애(求愛) 중 남자가 자기 학력을 속이거나 자기의 결혼 사실을 속이는 것, 여자가 자기 나이를 속이거나 결혼을 하고 나서 배우자 아닌 다른 남자에게 눈을 돌리는 것도 책략의 차이에서 오는 갈등이라 할 수 있다. 우리가 느끼는 분노나 질투, 슬픔, 낙심이나 실망 같은 부정적 정서는 주로 이 책략 갈등 해소와 관련된 정서이다. 진화 심리학으로 보면 '성(性)대결'이란 이상한 말이다. 남성은 여성을 확보하기 위하여 자기네들끼리 경쟁을 하며 여성도 남성을 확보하기 위하여 경쟁하는데 성(性)대결은 뭣을 두고 한다는 말인가.

인간은 동굴을 떠난 지가 오래 되었다. 이제는 싸움의 형태도 그 원형을 상상하기조차 힘들 정도로 달라졌다. 여성이 최고 권좌에 앉은 나라도 있고, 굵직굵직한 기업체의 CEO 자리도 여성들이 차지하고 있는 경우가 많고, 대학 사회에서도 여성 교수의 비율은 해마다 높아간다. 여성의 지위가 달라져도 보통 달라진 게 아니지만 아직도 개선되어야 할 곳이 한두 군데가 아니다. 성(性)차별이란 성에대한 편견과 퍽 밀접한 관계가 있기 때문에 이들 편견이 사라지지 않는 한 남녀평등의 만개(滿開)는 아직 갈 길이 멀다.

조지 번스(George Burns)의 익살스런 말이 생각난다. "남성과 여성이 서로 다른 것을 원하기 때문에 성(性) 대결은 언제나 있을 것이다. 남성은 여성을 원하고, 여성은 남성을 원하는 한-."

(2010. 3.)

공동묘지

그 무덤들만큼이나
무거운 하늘 아래
풀피리 잃어버린
옛 동산은 잠이 들고
서라벌 천 년을 돌아
봄은 다시 왔구나

내가 좋아하는 시인 백수(白水) 정완영의 탄식이다. 나는 어떤 날이면 별다른 이유 없이 공동묘지를 간다. 우리가 사는 콘도미니엄에서 자동차로 한 10여 분만 가면 공동묘지가 있고, 죽으면 내 육신을 태운 재가 담긴 항아리를 묻을 자리도 이 공동묘지에 사 두었다.

그런데도 막상 공동묘지를 갈 때는 내가 묻힐 공동묘지 보다는 한국 교포들의 유택(幽宅)이 많은 노스 욕 공동묘지(North York Cemetery)를 찾는다. 그 공동묘지에 가면 여기저기 50기(基)가 넘는 한인 교포들의 묘비들이 마치 한국의 옛날 초가집처럼 옹기종기 모여 있다. 교회에서 장로나 권사 직을 지낸 사람들은 ○○○ 장로니 △△△ 권사니 하는 교회 직분을 묘비에 새겨 넣은 것을 볼 수 있다. 장로나 권사 직을 하늘나라에까지 가지고 가면 천당에 들어가기가 식은 죽 먹기인 줄 아는 모양이다.

이곳 북미 대륙 사람들은 일반적으로 죽은 사람의 이름 말고 다른 직함은 좀처럼 적지 않는다. 예로 토론토 초대 시장을 지낸 윌리엄 맥켄지(William Mackenzie)도 이름만 달랑 적었지 이름 뒤에 시장이라는 말은 붙이지 않았다. 미국의 저명한 상원의원 케네디의 무덤도 마찬가지. 그냥 에드워드 케네디(Edward Kennedy)지 상원의원 케네디가 아니다. 그러나 우리는 박사, 교수, 변호사, 의사, 장로, 권사 따위가 무슨 큰 벼슬이라고 생각하는지(설사 벼슬이라 한들 죽고 나서야 그게 무슨 소용이 있는가!) 통상적으로 불리는 직힘이란 직함은 다 적는나. "내가 이래봬도 뭣이랑께(I am somebody!)." 라고 무덤 속에서도 외치고 싶도록 한(恨) 서린 명예욕이 꿈틀거리는 모양이다.

캐나다 대사를 지낸 진필식 대사 부부도 나란히 누워있다. 묘석에는 대사란 말은 없고 진필식이란 이름만 적혀있다. 역시 격(格) 있는 사람—. 벌써 25년이 넘었다. 우리가 토론토에서 2시간 걸리는 런던이라는 도시에 살고 있을 때다. 어느 주말 토론토에 놀러 왔다가 교민들 상가가 많은 블루어(Bloor) 가(街) K화랑에서 행서로 쓴 힘찬 현판 글씨 하나가 눈에 띄어서 샀다.

得好友來如對月/ 有奇書讀勝看花(좋은 벗이 오는 것은 달을 대하는 것 같고/ 좋은 책을 읽는 것은 꽃을 보는 것보다 낫다)라는 싯구. 낙관을 보니 진필식 대사의 글씨였다. 집에 들고 와서 10년 넘게 우리 집 서재 벽에 걸어두었다. 2006년에 은퇴를 하고 지금 살고 있는 콘도미니엄으로 이사를 올 때 걸어 둘 공간이 마땅치 않아 런던에서 세의(世誼)가 두터운 P형 댁에 기념으로 주고 왔다. 붓을 들었던 진대사는 선계(仙界)로 가고, 내게 현판을 팔았던 K화랑도 없어지고, 그 화랑 주인, 마음씨 좋은 K씨도 간단 말도 안 남기고 토론토를 떠나버렸다.

공동묘지에 가서 '인생은 즐겁다'거나 '힘찬 내일을 약속'하는 사람은 없을 것이다. 그 반대, 즉 산다는 게 별 것 아니구나 하는 생각이 먼저 드는 곳이 공동묘지다. '인생이 허무하다'는 생각이 뼛속까지 스며드는 때는 장례식장에서 일 것이다. 묘지에서 느끼는 허무감은 장례식장에서 느끼는 그것보다는 조금 더 순화(純化)된 상태. 즉 장례식장에서는 망자(亡者) 한 사람에 집중된 회억(回憶)일 때가 많지만 공동묘지에서는 일반적이고 광범위한 허무감이 연기처럼 온 몸을 휘 감는다. 또 공동묘지에서는 봄이면 꽃이 피고, 여름이면 비바람 불고, 가을이면 단풍잎 굴러가는 일 년 사계절을 살아있는 우리와 함께 보낸다는 친근감이 배어 있는 곳. 공동묘지에서 '나도 언젠가는 저기 가서 드러누울 것'을 생각하면 그 친근감은 배로 늘어나는 것이다.

무덤 얘기가 나오면 영랑(永朗) 김윤식의 4행시를 빼 놓을 수 없다. 대학교 3학년 때, 그러니까 지금부터 꼭 50년 전이다. 시(詩)가 마음에 들면 베껴 둔 옛 공책을 뒤져보니 다음 4행시가 튀어 나왔다.

좁은 길가에 무덤이 하나
이슬에 저지우며 밤을 새인다
나는 사라져 저 별이 되오리
뫼 아래 누어서 희미한 별을

천길 만길 외로움뿐인 공동묘지. 이제 외로움이 버릇이 된 이 평원에 싸락눈이 뿌리고 찬바람이 분다. 내일이면 또 해가 솟아오를 것이다.

(2010. 12.)

한시(漢詩) 유감

나는 한시(漢詩)를 자유롭게 읽을 수 있는 실력이 없다. 우리말로 옮겨놓은 것을 보고 나서야 겨우 원문의 뜻을 이해하는 정도다. 그러나 한시를 무척 좋아한다. 같은 한시(漢詩)라도 여러 사람들이 제각기 다르게 우리말로 옮겨놓은 것을 보면 셋이면 셋, 넷이면 넷 다 다르지만 비슷해서 형제들을 만나는 것 같아 재미있다.

나는 송시(宋詩)와 당시(唐詩)도 잘 구별 못한다. 송시(宋詩)는 인생에 대학 철학적 음미가 강하고 화려한 수식이 적다는 것, 이에 비해 당시(唐詩)는 산문적이고 웃음과 눈물이 있고 인간의 체취가 물씬 풍기는 시라는 것은 안다. 송시가 머리로 쓴 시라면 당시는 가슴으로 쓴 시. 나는 이것을 내 나름대로 소화해서 동양의 연(軟)수필과 서양의 에세이 간의 차이로 생각한다. 나의 이러한 교과서적 설명도 어디에서 훔쳐온 개념적 설명에 지나지 않는 것, 예를 들어가며 설명할 정도의 이해는 없다.

한시에 관한 책을 읽다 보면 미친 듯 시에 대한 몰두와 집념을 가진 천재적 작가나 예술 애호가들에 관한 이야기가 가끔 나온다. 정민 교수의 〈한시미학산책〉을 보면 시인들 중에서는 미친 듯한 열정을 보인 기인(奇人)들이 여러 명 등장한다.

예로 당나라 때 유희이(劉希夷)라는 시인은 "해마다 해마다 꽃은 비슷하건만 해마다 해마다 사람은 같지 않네(年年歲歲花相似, 歲歲年年人不同)"라는 내용의 〈대비백두옹(大悲白頭翁)〉이란 시(詩)를 지었는데 그의 장인 송지문이 위 시구를 너무 좋아한 나머지 자기에게 줄 것을 간청하였다. 유희이는 그러마고는 했으나 끝내 주지는 않았다. 이에 격분한 송지문은 하인을 시켜 유희이를 죽여 버렸다. 죽으면서까지 시를 주지 않는 유희이를 나무라야 할지 사위를 눌러 죽인 송지문을 나무라야 할지는 모르겠으나 아무튼 시에 대한 광적 애착으로 생긴 비극임에는 틀림없다.

어렸을 때 집에서 들은 이야기다. 우리가 맨 처음으로 배웠을 천지현황(天地玄黃)이요 우주홍황(宇宙洪荒)이라로 시작되는 천자문(千字文)을 지은 주흥사(周興嗣)는 죽을 죄를 지었다. 밤사이에 좋은 글을 지으면 살려주겠다 하여 밤사이에 〈천자문〉을 짓고 수염과 머리털이 하얗게 되어버렸다는 얘기가 생각난다. 스트레스 때문일 것이다. 그래서인가 〈천자문〉을 백수문(白首文)이라고도 한다.

이런 기행과 광기를 보면 이들 시인에게는 시를 짓는다는 것은 삶의 원동력이 되는 모양, 시를 쓰지 않고는 견딜 수 없는 모양이다. 수필은 시(詩)와는 다른 것이지마는 나는 논문이고 수필이고 이런 광기를 부려가며 써 본 적도 없고 이 정도의 광기나 애착을 가진 사람을 가까이 하고 싶은 마음도 없다.

옛날에는 시를 쓰는 사람들이 오늘에 비해서 무척 적었을 것이다. 그러니 이들이 가진 높은 사명감 때문에 영혼의 고뇌를 참아가면서 오직 시를 위해 인생의 심혈(心血)을 다 쏟아 부었을 것이다. 그러나 요새는 날마다 새로 나온 시집(詩集)이 산 같이 쌓이고 너나 할 것 없이 시인 아닌 사람이 드문 세상.

세상에 이름을 얻은 시인이든 아니든 오늘도 시(詩)같은 시를 쓰는 시인은 자기의 시적 열정을 발산하려고 피를 말리는 작업을 계속하고 있을 것이다. 그런데 내가 가끔 들여다보는 당 · 송 때의 시(詩)는 물론 우리의 옛 시는 덜 추상적이어서 읽으면 무슨 소리인지 안다. 그러나 요즈음 쏟아지는 시(詩)들은 지나치게 관념적이랄까 추상적이어서 읽어도 읽어도 무슨 소리인지 알 수가 없다.

그림으로 말하면 이 그림이 토끼를 그린 것인지 고슴도치를 그린 것인지 나 같은 사람 눈으로는 구별하기 어렵다. 그러니 이 토끼가 좋은지 저 고슴도치가 좋은지 판별은 말할 것도 없고—.

(2011. 2.)

K와 고향

C씨, H씨, K씨, M씨, 그리고 우리 부부 이렇게 다섯 가족, 모두 10명이 자리를 같이한 적이 있다. 좌중 이야기는 단연 전날 저녁에 있었던 H씨의 음악회였다. K는 그 음악회에서 내가 노랫말을 쓰고 H가 곡을 붙인 노래 두 곡을 연달아 불렀기에 이야기는 자연히 그의 '전보다 훨씬 더 나은' 노래 솜씨에 대한 칭찬 일색이었다. K는 노래 부르는 것을 무척 좋아해서 무대에서 노래를 부른 지 20년이 넘었다.

나는 장난삼아 K를 몇십 년 전 예술가곡계를 휩쓸었던 세 사람의 테너에 비유해서 '3인의 테너(three tenors)'라고 부른다. K에게는 무척 영광스러운 장난이다. 사람들이 그가 무대에서 노래를 부를 때마다 "이전에 비해서 훨씬 낫네요." 하는 칭찬을 했으니 그 말이 정말이라면 지금쯤은 국내 정상급 테너가 되고도 남았을 것이 아닌가. K도 나처럼 남의 칭찬에 약하디 약한 사나이. '잘했다'는 말 한마디에 속으로 기분은 뛸 듯이 좋겠지만 그래도 겉으로는 별 것 아닌 척 덤덤한 표정으로 남아 있으려고 애쓴다.

K는 17년 전, 내가 처음으로 '이동렬 색소폰의 밤'을 할 때 테너가수로 우정 출연을 해 준 적이 있다. 이때 무대에 나와서 갑자기 머리가 가려운지 머리를 벅벅 긁어대던 사람이 H의 음악회에서는 확고부동한 테너가수 자세로 자신만만하게 노래를 부르는 것을 보니 'Practice makes perfect(배우기보다는 익혀라).''라는 중학교 때 배운 영어 격언이 생각났다. 머리 긁는 것으로 흠집 내려는 데 대한 그의 '반격'을 따르면 나도 마찬가지. 소위 색소폰 연주를 한다는 사람이 무대로 물을 한 컵 들고 나와 꿀꺽 꿀꺽 붕어처럼 마셔대더라는 것. 좋다. 나야 목이 타서 그랬겠지만 K는 무대위에서 왜 그리 머리가 가려울까? 이제는 둘 다 그런 것쯤은 옛날이야기로 돌린다.

그런데 K는 그날 저녁에 내가 수필에서 고향 이야기를 너무 많이 하는데 좀 다른 주제, 이를테면 사랑 같은 것에 대해 쓰면 어떻겠느냐는 제의를 해왔다. 내게 이 말은 대중가요를 부르는 어느 가수에게 오페라 아리아를 부르는 게 어떠냐는 말로 들린다. 사랑도 지칠 줄 모르는 이야기이긴 하나 고향도 마찬가지다. 내게 마음이 더 끌리는 소재는 역시 고향이다. 마음이 덜 끌리는 소재로 글을 쓸 때는 억지로 꾸며야 한다.

조사를 해보진 않았지만 수필 쓰는 사람이 책을 내면서 자기 고향에 대한 그리움 한 편 없는 수필집을 내는 이는 없을 것이다. 이 생각을 조금만 확대하면 고향은 곧 문학의 산실(産室)이 된다. 내가 좋아하는 백수(白水) 정완영 시인은 30수(首)가 넘는 고향을 그리워하는 시를 썼다. 그의 아호 백수(白水)도 고향인 추풍령에 맞닿은 황악산 아래에 있는 김천(金泉)의 천(泉)자를 따로 떼서 백(白) 수(水)가 되었다.

나는 고향생각을 많이 한다. 고향의 들과 산을 뛰어다니고 여름이면 낙동강에서 미역 감고 고기 잡던 천진무구한 유년시절을 어찌 잊을 수가 있으랴. 내가 고향을 남보다 더 그리워해야 할 이유는 없다. 고향에 대한 그리움이 남보다 좀 더 심하다면 그저 단순한 산골에서 자라 생각할 대상이 남보다 많지 않아서 그럴 것이다.

고향도 사랑 같아서 마음속에서 좀처럼 떠나질 않는다. 그러나 막상 가보면 시들하다. 어느 대중가요 가사처럼 '헤어지면 그립고 만나보면 시들한' 것이 고향이다. 고향이라고 가보면 온통 슬픈 회억(回憶)뿐이다. 같이 살던 식구들이 보이지 않고, 강 건너 어릴 적 동무 창환이가 없는 공간은 텅 빈 공간, 회억뿐이다. 회억은 나를 슬프게 한다. 그러나 떠나면 또 다시 그리워진다.

고향 얘기가 나온 김에 백수의 시 한 수를 적는다.

세월에 핑계가 많아
돌아 못 간 수 삼 년에
더러는 이미 산자락
숙과(熟果)처럼 떨어지고
생각만 고향 까치집
동그맣게 걸려 있다.

(2010. 11.)

낙오자

몇 주 전 일이다. 신문에서 우연히 미국 로스앤젤레스에 있는 어느 신문사 기자 한 사람이 북한 여러 곳을 다니며 경치도 보고 사람들이 살아가는 모습, 그들과 이야기 나눈 것을 적어서 한 권의 책으로 펴냈다는 기사를 읽었다. 나도 한 번 읽어 봤으면-. 하루는 그 책을 구하려고 우리가 사는 콘도미니엄에서 20분 거리에 있는 H초급대학 구내서점엘 갔다. 그런데 불행하게도 내가 신문을 통해 알고 있는 것은 책 이름과 저자의 성(surname)이 전부였다. 책 주문을 맡고 있는 직원의 말이 저자의 이름(first name)을 모르고 달랑 성(surname) 하나만 가지고는 책을 구입하기가 불가능하다는 것이다.

나는 옛날 W대학에 있을 때 대학서점에 가서 책을 주문하던 버릇대로 〈출판될 책[Books in Print]〉이라는 사전류의 책을 보여

달라고 했다. 〈출판될 책〉은 미국에서 출판되는 모든 책에 관한 정보를 적어 놓은 사전류의 책이니 이것을 뒤지면 저자의 이름은 물론 책값까지 알 수 있으리라 생각했기 때문이다. 그랬더니 직원은 내 말 뜻을 잘 못 알아듣겠다는 듯 어리벙벙한 표정을 짓는 게 아닌가. 나는 고객으로서 '서점 생리는 훤하게 알고 있다'는 기세등등한 표정으로 '설명'을 했다. 내 용감무쌍한 설명을 다 듣고 난 직원의 말이 내가 찾고 있는 〈출판될 책〉 따위는 옛날, 그 옛날 것으로 없어진 지가 오래라는 것. 별 이유도 없이 기고만장하던 내 사기(士氣)가 이 말 한 마디에 폭삭 내려앉고 말았다. 나의 무식이 저지른 KO패.

지금은 컴퓨터 시대다. 이미 구식이 되어 자취를 감춘 지가 벌써 십수 년이 됐다는 사실도 모르고 H대학 서점에서 호랑이 담뱃대를 찾은 이 멍청이-. 바깥세상이 어떻게 돌아가는지도 모르는 바보라는 것을 세계만방에 알렸다고 생각하니 몹시 창피하고 부끄러운 생각이 들었다. 옛날부터 나는 컴퓨터와는 담 쌓고 사는 컴맹이다. 아무리 천하의 컴맹이라 해도 소위 대학교 교단에 섰다는 사람이 이런 사실도 모르고 있었다니. 지난 10년 동안 책을 주문할 때 언제나 남의 손을 거쳐 주문했기 때문에 그렇게 되었다는 것은 그럴듯한 핑계가 못 된다. 아무튼 대단히 무식한 선생이란 말은 피할 수 없게 되었다.

컴퓨터 키를 몇 번 토닥토닥 두드리면 책에 관한 정보가 우르르 쏟아져 나오니 무척 편리한 세상이다. 책 주문뿐이 아니라 옛날 같으면 한 나절은 꾸물거려야 할 일을 컴퓨터가 몇 분 안에 해결해 버리지 않는가. 그러나 사람이 손발을 놀리는 일이 줄어드니 일에 대한 정(情)이나 애착도 줄어드는 것 같다.

컴퓨터가 사람 일을 대신하면서 더 편리한 세상이 되었지만 사람과 사람 사이의 관계가 더 다정해졌다든지 부드러워졌다는 이야기는 못 들었다. 나 개인적으로는 컴퓨터 응용이 일상생활 구석구석에 스며들면서 거기에서 오는 두려움과 소외감은 늘어간다. 컴퓨터로 일을 처리하는 데는 심리적, 신체적 '투자'가 비교적 짧고 적다. 따라서 그 일에 대한 '정(情)'이랄까 '애착'도 상대적으로 적기 쉽다. 심신(心身)의 '투자'가 큰일을 하고 나면 투자 크기에 걸맞게 그 일에 대한 의미와 긍정적인 사후 평가도 증가하지 않는가. 그래서 우리는 힘든 일을 하고 나면 더 큰 만족감을 느끼고 그 여운도 오래 남는 것이다.

요즈음 나는 내 자신이 '문명의 낙오자'라는 생각을 할 때가 많다. 지금이라도 노력해서 내일에 같이 끼어 늘 수도 있겠으나 그렇게 하고 싶은 생각은 없다. 나는 사람이 가라오케 반주에 맞추어 노래 부르는 것은 딱 질색이다. 반주가 사람 노래에 맞추어야지, 사람이 어떻게 반주에 맞추어서 노래를…. 마찬가지로 컴퓨터가 사람 일을 통째로 떠맡는 것도 환영하지 않을 때가 많다. 컴퓨터를 좋아하는 사람들은 냉장고 없던 시절에 어떻게 살았나 그 시절을 궁금해 하는 것처럼, 컴퓨터 없이는 하루도 못 살 것 같은 그런 자세이긴 하지마는….

엊그제는 한국 어느 소설가가 자기는 컴퓨터를 외면하고 아직도 육필(肉筆)이라는 말을 들으니 객지에서 무슨 혁명 동지나 만난 것처럼 반가웠다. 이 생각 저 생각하며 집으로 돌아오는데 길이 미끄러우니 조심하라고 집사람이 뒤에서 소리를 지른다.

(2010. 2.)

청상과부(靑孀寡婦)

청상과부 빈 방 지켜 칠십토록 늙었거니

꽃 같은 남자있다 시집 가라 권하건만

백발에 연지분 단장 낯 뜨거워 어이리

(七十老孀婦 … 寧不愧脂粉)

위의 시(詩)는 어우(於于) 유몽인이 인조반정 후 자기는 광해의 신하로서 두 임금(인조와 광해)을 섬기지 않겠다는 지조와 절개를 부르짖는 풍자시 〈청상과부〉다. 그는 국문을 당하는 마당에서도 위의 〈청상과부〉로 뜻을 보였으니 이것이 죄가 되어 '죽이려면 죽여라'고 버티다가 사형을 당했다.

광해군은 반정 주역들에게는 없애야 할 인물이지만 백성들에게는 좋은 임금이었다. 반정 후 민심은 불안했고 그를 다시 임금

자리에 앉히려는 움직임이 끊이지 않았다. 서인들은 들뜬 민심을 수습하기 위해서 백성들의 존경을 받는 남인 이원익을 영의정으로 모셔왔다. 어우는 광해군이 쫓겨난 후 금강산 표훈사에 은거하다가 인조 세력에 저항할 사람들을 모집할 계획을 세웠다. 그는 죽음에 임하여 고문을 많이 받지 않고도 모의 사실을 거침없이 자복했으며 자신의 시(詩) 〈청상과부〉를 내놓으며 광해군을 다시 임금 자리에 앉히려 했다고 자백했다.

내가 유몽인의 이름을 들은 것은 고등학교 때—. 어쩌다가 유몽인이 지은 책 〈어우야담〉과 유몽인을 연결시켜 외우게 되었다. 어리석게도 어우라는 괴상하게 들리는 호가 유몽인의 아호라는 것을 알게 된 것은 대학교에 들어와서지 싶다.

심경호가 펴낸 책 〈산문기행: 조선의 선비 산길을 가다〉를 보면 다음 이야기가 적혀있다. 즉 인조반정이 일어나자 금강산에 은거하던 유몽인이 산을 내려오다가 철원에 있는 보개사에 들렀다. 스님들이 "새 정권에서 벼슬하는 것이 어떠랴?"고 묻자 위의 〈청상과부〉 시(詩)를 지어서 참여하지 않겠다는 뜻을 분명히 전했다고 한다. 심경호는 어우가 모함에 걸려들었다 했으나 이덕일은 조선 왕들에 대한 역사 평전에서 어우 부자가 인조에 저항해 거병하려 했다고 적었다. 둘 중 어느 주장이 맞는지는 모르겠으나 아무튼 어우는 그가 처형되기 바로 직전까지도 자기의 변함없는 충절을 씩씩하고 시원하게 털어놓고 별 두려움 없이 죽음을 맞이한 것은 틀림없는 것 같다.

인조는 부끄러울 정도로 덕망이나 관용 같은 것은 모르는 사람이었다. 그의 반정 모의가 어떻게 해서 광해의 감시망에 걸리지 않았을까? 이에 대해서 이덕일이 내놓은 재미있는, 그러나 결코 무시할 수 없는 추측 하나가 나돈다. 즉 인조의 아버지요 선조의 이복동생인 왕족 정원군은 당시 공공의 적(敵) 제1호였다. 그는 남의 집 하인을 죽도록 두들겨 패고, 유부녀와 첩을 빼앗고, 남의 토지와 금품을 약탈하고, 못된 짓은 하나도 빼놓지 않는 악질 중의 악질이었다고 한다. 임진왜란 때는 자기 집 노비를 장사꾼으로 속여 일본군과 내통, 이익을 취하다가 사헌부에서 문제가 된 적이 있다. 이 개망나니의 아들 능양군이 쿠데타의 주역이 될 줄은 광해군도 상상 못했을 것이고 그 이유로 경계를 소홀히 하여 반정이 성공한 것이라는 것이 이덕일의 추측이다.

인조는 광해의 반인륜적 행위에 쿠데타를 일으킨 사람이라는 것이 의심이 갈 정도로 그 자신이 반인륜적 행위를 마구 저질렀다. 인조는 사리판단에 명민하지 못한 용렬하고 의심증 많은 임금. 그 예는 청나라에 볼모로 가 있는 소현세자가 청나라와 교류가 활발해지자 혹시 세자가 청의 힘을 빌려 인조 자신을 밀어내고 왕위에 오르지나 않을까 걱정한 것에서 잘 나타난다. 간신들의 부추김으로 이 걱정이 점점 깊어지자 세자는 인조 자신의 자리를 노리는 정적이 된다. 심양에 볼모로 가 있던 8년 동안 새로운 국제정세와 사상, 과학문명에 눈을 뜬 세자는 아직도 명나라와 성리학의 늪에서 헤어나지 못하고 있는 조선을 새로운 나라로 만들어 보겠다는 가슴 벅찬 꿈을 안고 돌아왔다. 그러나 그를 기다리고 있는 것은 아버지 인조의 뜻밖의 냉대와 의심, 증오뿐이었다.

고국에 돌아온 34살 건장한 체구의 소현세자는 두 달 만에 학질에 걸려 사흘 동안 침(針)만 맞다가 죽었다. 공식 사인(死因)은 학질. 침을 놓은 어의 이형익을 둘러싼 의혹들, 소현세자의 장례와 어의에 대한 인조의 행동을 보면 인조가 세자를 죽였다는 말에 나로서는 확신이 가고도 남는다.

세자를 죽인 칼날은 그의 부인 강빈과 아들들에게도 향했다. 강빈과 아들 둘, 강빈의 친정어머니, 강빈 주위의 상궁과 궁녀들 모두를 수라상에 독을 넣었다는 죄목을 씌워 죽였다. 신하로서 임금을 내쫓고, 아버지로서 아들과 며느리는 물론 안사돈까지 죽이고, 할아버지로서 손자까지 죽인 인물에게 어질 인(仁)자 인조는 실로 부끄러운 이름이라는 게 이덕일의 탄식이다. 광해를 살제(殺弟) 폐모로 몰아낸 쿠데타는 하나의 핑계에 불과하였다.

앞서 인용한 어우의 시 〈청상과부〉의 말은 부드러우나 그 뜻은 매섭다. 요즘 세상에 어우 같은 지조를 가진 정치인이 한반도 안에 한 사람이라도 있을까? 야당의 수장을 맡았던 유명 정치인이 정권이 바뀌자 어느새 새 정권의 요직을 꿰차고 있는 웃지도 울지도 못할 일이 헤아릴 수 없을 만큼 흔하게 눈에 띄는 세상이다.

어우 같은 의리 있고, 강직한 선비가 한 둘만 있어도 지금의 정부는 좀더 굳건한 기반 위에 선 정부가 되질 않겠는가? 지혜와 신의는 저리가고 잔꾀로 그때그때 이익이나 챙기며 살아가는 세상으로 바뀐 지가 오래인 것 같다.

(2013. 6.)

오세암(五歲庵)

빈 산 옛 절간에/ 목련이 피어있네

동봉(東峯)에 달 오르니/ 열경이 와 섰는듯이—.

(古寺空山裏 ……猶似悅卿來)

위의 오언절구는 조선 순조-고종 때의 학자 서응순이 설악산 오세암에서 하룻밤을 묵으면서 읊은 노래로서 손종섭 님의 번역에서 빌려온 것이다. 오세암이란 내설악에 있는 작은 암자의 이름. 오세암이라는 이름의 내력은 이렇다.

세조가 조카 단종을 왕위에서 몰아내고 자기가 그 자리에 앉는 패륜행위를 저지르자 삼각산 중흥사에서 공부하던 매월당(梅月堂) 김시습은 문을 걸어 잠그고 밤낮 통곡하며 문밖을 나오지 않다가 하루는 갑자기 일어나 방에 있는 책을 모두 불사르고 하산해서 중이 되었다. 조선 팔도 방방곡곡을 방랑할 적에 몸을 기탁해서 유명해진 암자가 바로 오세암이다. 영조 때의 문신이요 정다산의 족친으로 〈설악산 유람기〉를 쓴 정범조에 의하면 어려서 오세신동(五歲 神童)으로 이름을 날리던 매월당이 커서도 스스로 오세동자로 부른데서 오늘의 암자 이름이 붙게 되었다고 한다.

위의 시에서 "동봉(東峯)에 달 오르니"의 동봉은 동쪽 봉우리라는 말도 되지마는 김시습의 아호도 되고 "열경(悅卿)이 와 섰는듯이"의 열경은 김시습의 자(字: 본 이름 외에 부르기 위하여 짓는 이름, 흔히 장가를 간 뒤에 본 이름 대신으로 부름)이다.

서응순은 평소에 매월당을 몹시 존경하고 추모하던 선비. 그래서 그 한적하고 쓸쓸한 옛 절에서 매월당이 서 있는 환영(幻影)을 본 것이다. 그러나 나는 〈오세암〉 시인 서응순보다는 〈오세암〉이라는 암자 이름의 연원이 되는 매월당 김시습을 더 생각한다. 매월당은 1435년, 세종 17년에 서울에서 태어났다. 호는 매월당 혹은 동봉(東峯). 신동(神童)으로 알려진 그는 두 살 때 글을 깨치고 다섯 살 때는 〈소학〉 〈대학〉을 읽어 소문이 나자 세종대왕이 친히 불러 접견, 장래에 크게 쓰겠다는 전지를 내렸다 한다.

방랑 길에 경주 남산에 머물 때는 최초의 한문소설 〈금오신화〉를 써서 그가 평생 꿈꾸던 충(忠)과 효(孝)에 기반을 둔 왕도정치의 이상을 그리기도 했다. 나이가 들어 자기의 꿈이 헛된 것임을 깨닫게 된 매월당은 크게 실망, 환속(還俗)하여 안씨와 결혼하여 가정을 꾸렸다.

매월당에 대해서 다음과 같은 이야기가 전해 온다. 즉 세조가 임금이 되자 그의 참모 한명회는 한없는 부와 명예와 권세를 누렸다. 그러나 자기는 자연을 벗 삼아 유유자적하게 사는 욕심 없는 사람이란 말을 듣고 싶어서 지금의 압구정동, 그러니까 한남대교와 영동교 사이에 정자를 하나 짓고 중국 송(宋) 나라 임금의 등극을 도운 한충헌을 자기와 동일시하여 정자 이름도 한충헌과 같이 '갈매기와 벗하여 논다'는 의미의 압구정(狎鷗亭)이라고 하였다.

한명회 자신이 지은 작품인지 아니면 연회에 초청된 어느 아첨 선비가 지어 바친 것인지는 알 수 없으나 압구정에는 靑春扶社稷/白首臥江湖(젊어서는 나라를 위하여 열심히 일하고 늙어서는 강호에 한가로이 드러눕는다)라는 주련(柱聯)이 하나 있었다. 평소에 한명회를 더럽고 간특하고 욕심 많은 사람으로 경멸하던 매월당이 이 대련(對聯)을 보고 부(扶)자와 와(臥)자 대신 망(亡)자와 오(汚)자를 바꿔쳐서 靑春亡社稷/ 白首汚江湖(젊어서는 나라를 망치고, 늙어서는 강호를 더럽힌다)로 만들어 그를 비꼬았다. 이것이 사실인지는 알 길이 없다.

부귀와 권세가 하늘에 닿고도 남을 한명회도 죽고 난지 채 20년이 못되어 갑자사화가 터지자 연산군의 생모 윤씨가 사약을 받고 죽은 일에 연루되었다는 죄목으로 무덤을 파서 관을 쪼개고 목을 베는 부관참시(剖棺斬屍)를 당하는 수모를 겪었다. 죽고 나서 600

년의 세월이 흐른 오늘 그는 충청북도 천안시 병천 어느 야산에 한 줌의 흙으로 남아있다. 그가 누렸던 부귀 영화 또한 풀잎에 맺힌 아침 이슬 방울일 뿐. 〈한국의 묘지기행〉이란 책을 펴낸 고 제희를 따르면 한명회의 묘비석에 새겨진 비문은 누군가 그라인더로 힘껏 갈아 도저히 글자를 알아 볼 수가 없었다고 한다. 그를 비웃고 세상의 부조리를 탄식하던 매월당 역시 부여 무량사의 무진암으로 가는 길가에 있는 '오세(五歲) 김시습 지 묘'라 쓰인 김시습 부도(浮屠) 속에 한 줌의 재로 남아있다. 이렇게 보면 삶이란 결국 세월에 스쳐가는 한 줄기 바람, 허깨비에 지나지 않는 것이다.

만약 한명회가 부귀영화와 권세를 쫓지 않고 개성 창덕궁의 문지기로만 있었으면 사육신도 없었고, 오세암도 옛 이름 한계사(寒溪寺)를 그대로 지키고 있었을 것이다. 그러나 아, 이 따위 가정들이 무슨 소용이 있으랴. 바람은 600년 전이나 오늘이나 변함없이 불어오고, 오세암 동봉의 달은 뜨고 지는 천도의 순환을 되풀이하고 있다. 사람들은 인생이 덧없나 꿈이라면서도 한 발이라도 남에게 뒤지지 않으려고 조바심을 낸다. 오늘도 한명회의 DNA를 물려받은 사람들과 매월당의 DNA를 물려받은 사람들이 각기 서로 다른 인생관을 가지고 '이게 진짜 인생이다' '저게 진짜 인생이다'고 서로 다투며 제 나름대로 멋을 부리며 살아가고 있다.

(2013. 7.)

뭉게구름

풀냄새 피어나는 잔디에 누워
새파란 하늘가 흰 구름 보면
가슴이 저절로 부풀어 올라
즐거워 즐거워 노래 불러요

우리들 노래 소리 하늘에 퍼져
흰 구름 두둥실 흘러가면은
모두 다 일어나 손을 흔들며
즐거워 즐거워 노래 불러요

위는 유호가 쓴 노랫말에 한용희가 멜로디를 붙인 동요 〈푸른 잔디〉의 1절과 2절이다.

〈푸른 잔디〉 같은 노래를 들으면 마음 한 구석이 밝아오고 명랑해진다. 마치 수박 한 덩이를 도마 위에 올려놓고 칼로 막 자르려는 순간의 가벼운 흥분, 기쁨과 비슷하다고 할까.

노랫말을 지은 유호는 〈비 내리는 고모령〉 〈신라의 달밤〉 〈고향만리〉 등 주옥같은 대중가요 가사를 남긴 극작가 바로 그 유호인가?

지금 계절은 팔월 초, 여름의 절정은 이미 지난 것 같은데 요며칠 3, 4일 계속해서 맑은 날씨에 하늘 가득 뭉게구름이 피어올라서 여간 기분이 좋은 것이 아니다.

구름 한 점 없는 여름 하늘은 멋이 없다. 설령 구름이 있다해도 뭉게구름이 아니고는 여름 흥취를 느끼기 힘들다. 여름 하늘은 곳곳에 흰 구름이, 마치 수 백 대의 함대가 바다를 메우며 항해하는 것처럼, 여기도 뭉게구름, 저기도 뭉게구름이 피어올라야 제격이다.

중국 동진(東晋)의 시인 도연명은 사계절 특색을 하나씩 끌어내어 지은 오언절구 〈사시(四時)〉에서 봄은 넘치는 물, 가을은 밝은 달, 겨울은 푸른 소나무, 여름은 하운다기봉(夏雲多奇峰: 여름 구름은 산봉우리처럼 아름답다)이라 하여 아름다운 구름을 꼽았다. 구름 중에는 호랑이나 곰이 웅크리고 있는 형상을 한 것도 있고, 연인 둘이서 서로 부둥켜 안고 애정행각을 벌이고 있는 형상, 제주도와 울릉도를 포함한 완벽한 한반도 형상을 한 것도 있다. 성격 심리학의 잉크 블로트(ink-blot) 검사처럼 보는 이에 따라 제각기 다른 것으로 보이는 것이 뭉게구름이다.

물 아래 그림자 지니 다리 위에 중이 간다
저 중아 게 섰거라 너 가는데 물어보자
막대로 흰 구름 가리키며 돌아 아니 보고 가노메라

물 따라 구름 따라 정처없이 떠다니는 스님을 두고 지은 송강(松江) 정철의 노래다. "스님, 어디로 가십니까?"하는 물음에 아무 대답 않고 지팡이로 흰 구름을 가리키며 가던 길을 가는 스님은 정녕 어느 그림 속의 풍경이다. 그러나 크고 작은 자동차들이 고속도로를 메우는 요즘 세상에 바람부는 대로 물결치는 대로 떠다니며 운수행각(雲水行脚)을 하는 스님이 있을까? 요새는 스님도 벤츠를 타고 거들먹거린다는 세상. 스님도 교만해졌지마는 사바(娑婆) 중생들도 말할 수 없이 험악해진 세상, 대답 않고 지팡이로 흰 구름을 가리켰다가는 "저 놈이 간첩이다. 간첩 잡아라!"고 고함치는 애국지사에 붙잡히는 날이면 몰매 맞기 십상이다.

여름은 단연 뭉게구름의 계절. 하얀 색깔의 뭉게구름이 내 고향 뒷산 청량산(淸凉山) 만한 거대한 덩치로 피어오르는 것을 볼 때는 나는 말로 다 표현할 수 없는 희열, 마음이 밝아오고 넉넉하고 부드러워진다. 내 심상(心想)의 밝고 명랑한 면이 폭발한 것이 아닌가 의심할 정도다.

뭉게구름과 나의 인연은 무척 오래다. 초등학교 시절, 학교가 있는 예안면 소재지에서 집으로 돌아올 때는 낙동강을 따라 신작로

(新作路)길을 2-30분 걸어야 했다. 간혹 누구와 같이 올 때도 있지만 대부분은 나 혼자 걷는 고적한 길. 여름 맑은 날이면 오다가 청고개[靑峴] 마루에 앉아 쉬면서 뭉게구름이 피어나는 것을 멍하니 바라보는 것도 이 외로운 시골아이에게는 하나의 구경거리였다.

지금 청고개엔 인적이 끊어지고 학교 오갈 때 오르내리던 길도 해가 갈수록 이지러져 간다. 장마에 길이 여기 저기 토막이 나고 사람 키보다도 더 큰 숲과 나무들이 밀림을 이루고 있다. 내가 E여자대학에 몇 년 나가 있을 때만 해도 초등학교 같은 반에서 머리를 맞대고 공부하던 강 건너 동네 늘메에 살던 녀석, 나의 다정한 친구 C와 같이 청고개에 가서 옛날 학교 다니던 길을 걸어보곤 했다. 그러나 이제는 탱크나 장갑차의 힘을 빌리지 않고는 엄두도 못낸다.

지금도 여름 맑은 날이면 60년 전 오늘과 마찬가지로 청고개 마루 위로 흰 구름은 피어오른다. 그러나 그 고개 넘어 옛 시절은 온데 간데가 없다.

(2013. 8.)